rororo

Andreas Stichmann, 1983 in Bonn geboren, lebte und arbeitete in einer selbstverwalteten Dorfgemeinschaft in Hermanus, Südafrika, und studierte am Deutschen Literaturinstitut in Leipzig. 2008 erschien sein Erzählungsband *Jackie in Silber*, für den er unter anderem den Clemens-Brentano-Preis, den Kranichsteiner Literaturförderpreis und den Hamburger Förderpreis für Literatur bekam. *Das große Leuchten*, sein erster Roman, wurde für den Bachmann-Preis nominiert und mit dem Förderpreis zum Bremer Literaturpreis ausgezeichnet. Andreas Stichmann lebt in Berlin.

«Es sind aber gar nicht die großen Konzepte, die diesen schelmischen Roman besonders machen, sondern die oft in wenigen Worten so konturscharf wie komisch gezeichneten Szenen aus dem Inneren des Narrenraumschiffs, das der Sonnenhof zuallererst einmal ist … das hat Stil und Humor. Selten genug.» (Oliver Jungen, Frankfurter Allgemeine Zeitung)

«Stichmann erzählt von der Sehnsucht nach Erneuerung und zugleich den Fesseln des Pragmatismus. Indem der … Autor dabei Farce und philosophischen Diskurs vermischt und Absurdität und Glanz großer Visionen thematisiert, trifft er den Nerv der Zeit.» (Björn Hayer, Spiegel ONLINE)

«Die Prosa des 1983 geborenen Andreas Stichmann wirkt beiläufig. Doch sie ist im höchsten Maße konzentriert: Es ist die traumtänzerisch sichere Sprache eines Schriftstellers, der weiß, dass ein falsches Wort zum Absturz führt, und der doch ein realistischer Autor sein will, einer, der zum inneren Kern der Wirklichkeit vorstößt und sie zum Leuchten bringt. Diese Balance zwischen zwei Erzählweisen erschließt uns eine Weltsicht, wie es sie in der deutschen Gegenwartsliteratur so noch nicht gab.» (Meike Feßmann, Literaturen)

ANDREAS STICHMANN

DIE ENTFÜHRUNG DES OPTIMISTEN SYDNEY SEAPUNK

ROMAN

ROWOHLT
TASCHENBUCH VERLAG

Für Victor und Julian

Veröffentlicht im Rowohlt Taschenbuch Verlag,
Reinbek bei Hamburg, Juli 2018

Umschlaggestaltung any.way, Barbara Hanke/Cordula Schmidt,
nach einem Entwurf von Anzinger und Rasp, München
Umschlagabbildung Jens Weber
Satz aus der DTL Dorian PostScript bei
Pinkuin Satz und Datentechnik, Berlin
Druck und Bindung CPI books GmbH, Leck, Germany
ISBN 978 3 499 29089 3

1

DIE ENTFÜHRER KOMMEN ZUSAMMEN

Freitag, Hamburg-Osdorf

Bibi

Bianca Kempfer, 17 Jahre alt, Gesamtschülerin, steigt in Hamburg-Osdorf aus dem Bus und dreht sich eine Zigarette. Der Asphalt ist warm unter ihren nackten Füßen, ihre Springerstiefel hat sie ausgezogen und in den Rucksack gepackt. Der Bus setzt sich in Bewegung und gibt den Blick frei auf den Sonnenhof, wo sie seit drei Wochen ihre Sozialstunden ableistet. Eine heruntergekommene Siedlung auf dem Mars – das war ihr allererster Eindruck von dem Ort. Wobei es auf dem Mars wahrscheinlich keine Pfützen, keine Mohnblumen und keinen Löwenzahn gibt. Aber die runden Lehmhäuser mit den Metallfenstern erscheinen ihr marsig, und auch die Menschen, die auf dem Sonnenhof leben – marsig und nice. Sie hätte nicht gedacht, dass Sozialstunden so viel Spaß machen können.

Beim Betreten des Geländes achtet sie wie immer drauf, schwungvoll zu gehen. Ramafelene, der Chef, hat ihr gesagt, dass er ihre energiegeladene Art mag. Die Sonnenhöfler würden allesamt so schlurfen. Das nerve ihn.

Sie schaut sich um; Ramafelene ist nirgendwo zu sehen.

In der Mitte des Geländes, zwischen den sechs runden

Lehmhäuschen, gibt es einen Brunnen, der total märchenmäßig wirkt. Sie wirft den glibschigen Holzeimer rein, zieht ihn an der Seilwinde hoch und trinkt einen Schluck kaltes Wasser.

Die Bewohner, diese Herzchen, sind alle mit irgendwas beschäftigt. Der lange Dürre, dessen Namen sie sich nicht merken kann, heizt auf dem fahrbaren Rasenmäher über die Wiese hinter dem Kräutergarten. Es kommt kein Gras mehr hinten raus, er war gestern schon fertig, aber er heizt einfach weiter, weil er wohl Bock drauf hat. Und wenn er gerade keinen Bock auf gar nichts hat, parkt er hinter den krummen Bäumen, wo das Moor beginnt, und macht ein Nickerchen im Sitz – anstatt zum Beispiel den Hühnerstall auszumisten. Das ist so eine der Sachen, über die Ramafelene sich beschwert.

Ludwig, der alte Mann, steht mit einer Forke in der Hand neben dem Komposthaufen. Er kratzt sich den dicken weißen Bart und scheißt, so wie er schaut, wahrscheinlich in diesem Moment in seine Windeln. Die meiste Zeit ist er auf seine heißgeliebte Vogelscheuche konzentriert, er scharwenzelt um sie rum. Die beiden haben eine Art Lovestory am Laufen.

Aber am coolsten ist Wendy, die Zwergen-Omi. Gerade kommt sie mit dem Stützräder-Fahrrad angefahren. Sie hält vor ihrem Häuschen und lädt Jutebeutel aus dem Fahrradanhänger.

Bibi geht zu ihr. Wendy ist so unkompliziert und herzlich, dass sie gleich mit ihr klarkam. Sie hat zwar ein Faible für Reime, das manchmal irritiert, aber sie kann auch ganz normal reden, und eigentlich ist sie gar nicht so absonderlich. Ihr eines Auge sieht aus wie ein Spiegelei, wo einer mit einer Gabel reingepikst hat. Auf ihrem Kopf sitzt eine selbstgehäkelte Reggaemütze.

«Moin, Wendy.»

«Bibi! Hast du Sorgen? Guten Morgen!»

Wendy zeigt ihre sich kreuzenden Vorderzähne, als sie lächelt. Mit ihren kräftigen Händen reicht sie Beutel voll abgelaufener Lebensmittel aus dem Fahrradanhänger. Sie ist besonders gut darin, in Supermarktcontainer reinzuklettern, und weil der Sonnenhof chronisch pleite ist, macht sie das fast jeden Tag.

Bibi trägt die Beutel in den Holzschuppen, der *Ladencafé* genannt wird, der Himmel weiß, warum. Dreckig, kühl und auch ein bisschen unheimlich ist es da. Die Regale sind leer, nur Käferchen mit Spinnweben drum rum und ein paar alte Teebeutel und so liegen auf den Brettern. Irgendwas flitzt an der Wand entlang.

Bibi wischt die Regale ab und öffnet das Tor, um frische Luft und Sonne reinzulassen; sie räumt das Schwarzbrot und das angedötschte Obst in die Regale. In der Ecke lehnt ein Reisigbesen, wo unten kaum noch Reisig dran ist, trotzdem fegt sie damit, so gut es geht. Dann raucht sie erst mal eine vor dem Wochenplan an der Pinnwand, um zu gucken, was zu tun ist.

Ramafelene ist so drauf, dass er alle Aufgaben supergenau taktet. Aber die anderen Bewohner sind so drauf, dass sie alle Aufgaben maximal vertrödeln. Deshalb hat Ramafelene auch gesagt, dass Bibi genau richtig komme – sein Leben sei hundert Mal einfacher geworden, seit sie da ist!

Bibi drückt ihre Kippe aus und legt sie in den Aschenbecher. Ludwig kommt vom Kompost angeschlurft. Er hat so helle blaue Augen, dass sie zuerst gedacht hat, er sei geistig ziemlich fit. Dem ist aber nicht so, das hat sie inzwischen eingesehen. Er trägt den Kopf der Vogelscheuche unter dem Arm, es ist eine Kokosnuss mit Lärmschutzkopfhörern und aufgemalten Frauenaugen.

«Hey, Ludwig, wie gehts? Hast du Ramafelene gesehen?»

Er antwortet nicht. Weil er nicht sprechen kann. Ramafelene hat aber gesagt, man solle trotzdem mit ihm reden. Mit der Zunge macht er ein Geräusch, klickklickklick, und betrachtet einen Vogel, der drüben über den Brennnesseln kreist in langen, schwungvollen Bögen.

Verwunschenheit.

Das ist das richtige Wort für das alles hier.

Manchmal denkt sie zwischendurch an ihre Mutter und deren derzeitigen Freund, an all den Stress, der zu Hause in Bergedorf auf sie wartet, aber in dieser Umgebung ist das überhaupt nicht real. Sie ist in den Kaninchenbau gerutscht. Wie Alice im Wunderland. Nur dass das Wunderland anscheinend nicht im Wunderland liegt, sondern an der A23 in Hamburg-Osdorf.

Ludwig stößt mit seinem Gummistiefel einen Plastikeimer um. Nacktschnecken glibschen raus. Sie schiebt ihn zur Seite und tut die Nacktschnecken wieder in den Eimer, und dann meint sie, Ramafelenes Stimme zu hören.

«Hast du das auch gehört, Ludi-Boy?»

Sie geht zu dem zweistöckigen Häuschen mit dem

Flachdach, wo Ramafelene mit seiner Mutter wohnt. Es ist das größte Häuschen, ganz vorn neben dem Torbogen, und in die Lehmmauer sind hübsche bunte Fliesen eingelassen. Es wäre das beste Häuschen, in dem sie am liebsten wohnen würde – säße nicht Ramafelenes Mutter drin.

Bibi schaut durch die Fensterscheibe: Die beiden streiten mal wieder, klar. Ramafelene steht und gestikuliert, seine Mutter, Ingrid, sitzt reglos im Sessel. Über ihr hängt ein hässlicher Wandteppich, das ganze Innere des Hauses ist hässlich, wenn man Bibi fragt. In der Ecke steht eine Vase, aus der uralte Äste oder Federn rausschauen, darüber hängt ein ausgestopfter Wildschweinkopf, der guckt, als würde er sich seinen Teil denken. Überall auf dem Boden und auf dem Tisch stehen halbvolle Wassergläser, Ingrid behauptet, das befeuchte die Luft und helfe gegen ihre Atembeschwerden.

Bibi legt das Ohr an die Scheibe.

«Mama. Niemand wird sterben. Hör auf.»

«Aber wenn man seinem eigenen Herzschlag so sehr misstraut, dass man vor Angst Krämpfe in der Herzgegend kriegt?»

Das reicht Bibi schon. Sie ist direkt so genervt, dass sie eine rauchen muss. Andauernd sieht Ingrid sowohl ihr eigenes Ende als auch das Ende des Sonnenhofs kommen. Und immer wird Ramafelene von ihr so hingestellt, als würde er sich dieses Ende heimlich wünschen. Dabei ist er es ja, der alles am Laufen hält. Er füllt die Fördergeldanträge aus. Er fährt nach Bremen zu Wendys Bruder und überredet ihn, mehr Unterhalt zu zahlen. Er stellt den kaputten Traktor und die Gartengeräte bei eBay ein. Er spendet regelmäßig Blut, um an Geld zu kommen. Bibi hat noch nie einen so fleißigen, verantwortungsvollen und freundlichen Menschen gesehen. Er ist jemand, der das Wohl der anderen im Blick hat, jemand, der sofort *Gesundheit* sagt, wenn man niest. Vorgestern hat sie mit Wendy im Teich gebadet und aus Versehen ihr Bikinioberteil verloren – und er ist *verlegen* geworden. Er hat zur Seite gesehen, als er ihr das Oberteil hingehalten hat. Bei ihr zu Hause, in Bergedorf, gäbe es das nicht.

«Mama. Hör auf.»

«Überall da, wo ich bin, ist das Leid. Aber am konzentriertesten ist es in der Brust und im Kopf, verstehst du? Da ist bei mir nur Leid.»

Bibi dreht sich gleich noch eine. Manchmal nervt seine Mutter ihn so sehr, dass er laut wird, der Arme. Dabei hat er eigentlich gar nicht die Stimme zum Schreien.

Heute bleibt er still. Er nimmt seine Drahtbrille ab und massiert sich mit dem Daumen und dem Zeigefinger die Nasenwurzel. Das ist immer sehr süß. Sie mag auch seine braune Strickjacke mit den gelben Ellenbogenflicken. Die verleiht ihm – im Zusammenspiel mit seiner dunklen Haut und der Tatsache, dass er fast blind ist, wenn er die Brille absetzt, und dann so zwinkert – etwas Maulwurfhaftes.

«Zuversicht, Mama. Zuversicht ist das Zauberwort.»

«Ich brauche eine Herzoperation.»

Gleich wird er durch diese krumme Tür rauskommen. Sie überlegt, ob sie hier auf ihn warten soll. Oder zurück zum Ladencafé?

Nein, noch anders. Sie wird zur A 23 zurück. Letztes Mal hat er gesagt, er warte immer darauf, dass sie über die Felder anmarschiert kommt. Wenn er gerade so richtig genervt sei, weil alle so lahmarschig sind, sei ihr Anmarschieren das Tollste, der schönste Moment des Tages. Also wird sie zurück und diesen Moment abpassen. Und noch mal anmarschieren.

Ramafelene

Ramafelene Meisner, 35 Jahre alt, Sozialarbeiter, hat ein Tinnitus-Fiepen im Ohr, als er das Haus, das er mit seiner Mutter bewohnt, verlässt. Die Mittagssonne feuert den Tinnitus an. Vor dem Ladencafé am anderen Ende des Geländes wartet gleich das nächste Ärgernis: Küwi, die größte Schlafmütze der Welt, wenn man Ramafelene fragt, ist offensichtlich gerade erst aus den Federn gekrochen – um Viertel nach eins! Jetzt gähnt er ausgiebig und schlürft die Haut von seinem Kakao, und es sieht nicht aus, als habe er vor, die Aufgaben, die für ihn im Arbeitsplan vorgesehen sind, zur Kenntnis zu nehmen. Stattdessen legt er, mit viel Zeit, mit viel Ruhe, seinen Metalldetektor vor sich auf den Klapptisch. Will anscheinend wieder daran rumschrauben, anstatt was für die Gemeinschaft zu tun.

«Küwi. Hilf bitte Ludwig beim Verlegen des Komposts. Das ist für heute eingetragen, und du weißt, dass Ludwig es alleine nicht kann.»

Küwi reagiert nicht. Er reibt sich mit den Händen über die kräftigen Oberarme, als empfinde er die kaum merkliche Brise, die weht, bereits als fordernd. Er blinzelt abwesend in die Sonne und rückt seine blaue Wollmütze, die er immer und überall trägt, zurecht. Dann zieht er ein

Stofftuch aus der Seitentasche seiner Bundeswehrhose und beginnt, den Suchkopf des Metalldetektors zu reinigen. Er pustet imaginären Dreck weg.

Ramafelene stellt sich vor ihn hin.

«Ach. Moinsen, Ramafelene!»

«Hilf bitte Ludwig beim Verlegen des Komposts. Jetzt! Die alte Stelle ist nicht plan. Es gibt andauernd Staunässe.»

«Staunässe. Ja. Jaja.»

«Ich werde mit Bibi Holz sammeln gehen, wenn sie da ist. Und wenn wir wiederkommen, will ich, dass der Kompost verlegt ist.»

«Holz sammeln gehen. Ja. Jaja. Mit wem?»

«Mit Bibi.»

«Ach so. Diieeee. Jaaa. Die ist doch zu jung für dich. Nich? Das ist doch dann verboten, wenn sie so jung ist. Nich?»

Unsinn. Ramafelene geht wortlos ins Innere des Ladencafés, Kaffee kochen. Küwi ist ein Kind im Körper eines Zwei-Meter-Mannes; er begreift nicht, dass es unangebracht ist, alles auszusprechen, was er sich so zusammenassoziiert. Geringes Gespür für die Emotionen anderer Leute. Dagegen lässt sich nur punktuell etwas tun, ändern kann man ihn nicht. Seine Augen, aus denen er Schlafbröckchen reibt, während er hinterherschlurft: blau. Unschuldig. Leer.

«Hab ich was Falsches gesagt? Nee, oder? Nich?»

Ramafelene schüttelt den Kopf und macht eine Bewegung mit der Schulter in Richtung Kompost; Küwi zieht hängenden Kopfes ab.

Die Kaffeemaschine schnauft. Vom Kräutergarten wehen Wendys Reime herüber, der altbekannte Rhythmus ihrer Reime (Ludwiglein – bist du mein?), einschläfernd an guten Tagen, an schlechten zermürbend. Wie Mutter mit ihren immer neuen Krankheiten. Wenn Ramafelene es mal schafft, sich in eine Arbeit zu vertiefen, kommt unwillkürlich nach einer Zeit das Gefühl zurück: Da ist etwas unbestimmt Anklagendes hinter mir. Mir sieht etwas unbestimmt Anklagendes zu. Und dann dreht er sich um, und Mutter steht am Fenster. Hat eine Handfläche gegen das Glas gelegt. Macht große dunkle Augen.

Die Kaffeemaschine braucht ewig. Ein Opa von Kaffeemaschine. In Ramafelenes Rücken schon wieder Küwi. Einen Moment hat er gehofft, es wäre Bibi.

«Mit wem soll ich den Kompost noch mal verlegen?»

«Ludwig.»

«Und danach?»

«Danach kannst du ihm die Windeln wechseln. Das wär schön.»

«Ja. Jaja. Weißt du was? Ich hab das Gefühl, seine Scheißerei nimmt zu. Nich? Er wird älter, und umso mehr scheißt er. Der Ludi.»

«Ich würde mich wirklich freuen, wenn du jetzt die Sache mit dem Kompost angehen könntest. Echt, Küwi, damit würdest du mir eine Freude machen. Und schau bitte, dass du den Schimmel rauskriegst, sonst kippt er gleich wieder um.»

Küwi zieht bockig los – und Bibi taucht am Ende der Felder auf. Ramafelenes Herz schlägt schneller. Es ist, als würde sich gleich die ganze Welt schneller drehen. Bibi geht querfeldein, um den Weg abzukürzen, Oberkörper vorgebeugt, Fingerspitzen in den Taschen ihrer engen Jeans. Im Herankommen bindet sie ihr blau gefärbtes Haar zu einem Zopf. Eigentlich marschiert sie eher, als dass sie geht, und sie hat auch noch die Energie, Küwi, der sie natürlich nicht beachtet, einen Gruß zuzurufen. Wie eine Filmszene erscheint Ramafelene Bibis Ankunft jedes Mal. Vielleicht liegt es an dem Zeitpunkt, an dem sie in sein Leben getreten ist. Gerade in den letzten Wochen hatte er das Gefühl, dass ihm alles über den Kopf wächst – und dann kam sie, als sei sie ihm *gesandt* worden von irgendwem. Normalerweise neigt er gar nicht zu so theatralischen Gefühlen.

Ihre Energie ist schwer zu greifen. Sie hat mit einer Gaspistole eine Tankstelle überfallen. Aus allgemeiner Langeweile, wie sie sagt. Vielleicht ist es das, was ihn beeindruckt hat. Es ist aber auch ihr Interesse an den Bewohnern und an der Geschichte des Sonnenhofs, überhaupt an allem und jedem, ihre ungewöhnliche Neugier und Empathie. Außerdem ist sie der einzige Mensch weit und breit, der nicht ausschließlich Dinge sagt, die Ramafelene schon tausendmal gehört hat. Und sein Tinnitus wird leiser und weicher, wenn sie kommt, das ist Fakt.

Er schlüpft aus den Sandalen und zieht seine alten Puma-Turnschuhe an.

Im nächsten Moment steht sie auch schon vor ihm.

«Hey Ramafelene!»

«Hey Bibi. Wie gehts?»

«Geht so. Ich muss wahrscheinlich bald ins Heim.»

Sie seufzt ab. Sie seufzt immer so vertrauensvoll ab,

wenn sie kurz Bericht erstattet hat. An ihrem Gesicht sieht er nicht nur, dass sie reden muss – die Sache mit dem Heim steht schon die ganze Zeit im Raum –, sondern auch, wie froh sie ist, dass er ihr zuhören wird.

Sie trinken den Kaffee im Stehen. Bibi lässt ihn an ihrer Zigarette ziehen; seit sie da ist, hat er wieder ein bisschen angefangen mit dem Rauchen. Dann machen sie sich zum Holzsammeln auf. Während er die Schubkarre schiebt, erfährt er, dass es wohl diesmal real wird, schon nächste Woche werde sie wahrscheinlich als Heimmädchen kommen oder als Jugendamt-WG-Mädchen – ganz gebrochen, mit verheulten Augen. Ihre Mutter sei wieder bis oben hin voll beim Elternsprechtag erschienen, woraufhin wieder diese Frau Karrendorf-Geyer vom Jugendamt zu ihnen nach Hause gekommen sei und festgestellt habe, dass Bibis Mutter nach wie vor blaue Flecken hat, also noch immer von ihrem Freund geschlagen wird und nicht auf ihre Tochter aufpassen kann. Jetzt gebe es wohl keine neue Chance mehr. Was ja auch irgendwie richtig sei. Zu Hause will Bibi nicht mehr schlafen. Aber sie will auch definitiv keinen Tag früher ins Heim, als sie unbedingt muss.

«Und deshalb wollte ich fragen, ob ich ein, zwei Nächte bei euch schlafen könnte? Meine Mutter findet das okay.»

Ramafelene bejaht sofort. Er sagt ihr, dass es ihm unglaublich leidtut und dass sie sich immer an ihn wenden kann, wenn etwas ist. Sie bedankt sich und sagt, sie wolle nun *unbedingt* das Thema wechseln. So ist sie. Das Gegenteil von wehleidig. Probleme sind bei ihr etwas, mit dem man sich nur gerade so lange wie unbedingt notwendig beschäftigen sollte. Das ist erfrischend.

Girlanden von Pappelsamen und Müll wehen am Wegesrand vorbei. In der Ferne sieht man die Hüttensiedlung liegen, braungrau zwischen Maisfeldern und Autobahn. Bibi zeigt darauf und redet nun darüber. Ihr täten die Kinder leid, sagt sie. Sie zeigt auf einen Zitronenfalter. Sie zeigt auf eine vom Blitz gespaltene Esche. Sie zeigt auf einen Igel, der, sagt sie, wie Küwi guckt.

Ramafelene raucht und lacht.

Am Birkenhain schließt sie Zeige- und Mittelfinger wie eine Schere. Er soll ihr sein Taschenmesser geben. Sie spricht öfter in Gesten, und er mag das. Und während sie etwas Birkenrinde abschält, will er sagen: Du bist was Besonderes! Du schaffst das alles schon, weil du eine unglaubliche Energie hast! Seelisch und körperlich! Aber so ähnlich hat er es schon mal ausgedrückt, und sie hat daraufhin gesagt, es sei ihr peinlich, wenn sie Komplimente bekomme – gerade seine sachliche Art sonst sei ihr viel lieber als dieses Emo-Getexte, das sie sich beim Jugendamtspsychologen immer anhören muss.

Also sagt er nichts. Versucht nur, unterstützend zu gucken.

Ein Aurorafalter flattert um ihr blaues Haar, während sie Stücke der Gambiusschicht herausschneidet, die hinter der Rinde liegt. Das ist das Birkenfleisch. Daraus werden sie später Teig für Birkenspaghetti machen.

Er weiß nicht, wann er sich das letzte Mal so wohl gefühlt hat in Gegenwart eines anderen Menschen. Manchmal reden sie und manchmal nicht, es herrscht überhaupt kein Zwang, aber wenn etwas gesagt wird, ist es immer ehrlich und geradeaus. Während sie Feuerholz suchen, erzählt Bibi, sie habe eine Tunesien-Dokumentation auf YouTube gesehen, weil sie doch über seinen leiblichen Vater gesprochen hätten. Sie würde gerne mehr darüber hören, wie das mit seiner Kindheit und dem Sonnenhof so war. Wenn er noch mehr verraten wolle.

Verraten. Als wenn seine Geschichten etwas Wertvolles wären. Es berührt ihn auch, dass sie offenbar zu Hause an ihn denkt.

Während er das Holz in die Schubkarre sortiert, überlegt er, wo sie stehengeblieben waren. Er hatte ihr erzählt, dass seine Mutter zu Hause rausgeschmissen wurde, als sie schwanger war, und danach mit seinem Vater und ein paar Musikerfreunden den Sonnenhof gegründet hat. Also erzählt er diesmal, wie es mit dem Sonnenhof bergab gegangen ist. Wie sein Vater und die anderen Freunde nach und nach abgehauen sind, weil ihnen die Verantwortung wohl zu viel geworden ist. Letztlich, erzählt er, sei alles an seiner Mutter hängengeblieben.

Bibi zerrt einen morschen Ast heran. Sie bricht ihn in Stücke und scheint nachzudenken. Das ist auch etwas Typisches, dass sie über das Gesagte immer so gründlich nachdenkt.

Nach einer Weile dann ihre Analyse: Immer verteidige er seine Mutter! Er soll damit aufhören. Schließlich hänge doch im Moment alles an *ihm.*

Er lacht. Er weiß gar nicht, warum. Eigentlich hat sie recht. Sie gibt ihm die vierte Zigarette – so viel hat er seit Jahren nicht geraucht – und dreht sich einen Dutt.

Mit dem Dutt sieht sie witzig aus, was ihr wahrscheinlich gar nicht bewusst ist. Sie ist, findet er, eine Mischung aus Punkmädchen und Bauarbeiter, wegen ihrer Arbeitskraft, und auch ein bisschen Großmutter, wegen dem Dutt und weil sie so einfühlsam ist.

Er putzt seine Brille, um sie besser sehen zu können. Sie ist inzwischen zum Braunsee runter und ruft, sie wolle da rein. Küwi und er haben den Tümpel als Kinder Braunsee getauft, weil er so dreckig ist.

Umstandslos steigt sie aus ihrer Jeans. Sie geht bis zu den Knöcheln ins Wasser, wozu sie, wie er feststellt, die Hose nicht hätte ausziehen müssen.

Er schlendert hinterher. Er fixiert die Ader in ihrer linken Kniebeuge und versucht, sich etwas von der Leichtigkeit, die sie hat, abzugucken.

Betrachtet er sie, ist ihm, als tippe ihm jemand mit einem Finger ans Herz.

Küwi

Kai-Uwe Burghof, Spitzname Küwi, 34 Jahre alt, Sammler, ist auch an diesem Abend mit seinem Metalldetektor unterwegs. Seine Tour führt ihn durch das alte Gewerbegebiet. Den Blick auf den im Mondlicht blau schimmernden Asphalt gerichtet, folgt er dem Ticken des Detektors, den er wie eine Wünschelrute hält. Hin und wieder dreht er sich in Richtung Sonnenhof um, aber dass ihm keiner hinterherkommt, weiß er ja schon, ist ja klar, am wenigsten Ramafelene, der gar keine Zeit mehr hat, seit diese Bibi da ist.

Aus der Schaufel eines Baggers wächst Unkraut. An einem verrosteten Krangerüst hängt eine komische Puppe mit einem offenen O-Mund. In der Vorhalle der alten Reifenfabrik bewegt sich Kerzenschein, da sitzen junge Männer und hören düstere Gefühlsmusik. Das ist eine der Gangs, die es hier gibt, bei denen man vorsichtig sein muss. Es ist am besten, schnell vorbeizugehen.

Um kurz vor zehn macht er Pause. Er setzt sich auf einen Stein, trinkt einen Schluck Hagebuttentee aus dem Thermoskannendeckel und beobachtet, wie sich ein Fünf-Cent-Stück über den Asphalt auf ihn zubewegt. Etwas weiter hinten macht der Bügel einer Sonnenbrille auf sich aufmerksam, indem er lila schimmert. Das sind diese

Nachtgegenstände mit ihren Nachtbewegungen, die kommen, wenn man alleine ist. Da muss man ein wenig aufpassen, dass einem vor Alleinsein die Phantasie nicht durchgeht. Der Ast eines dürren Bäumchens neigt sich zu einem hin, schwankt im Wind und flüstert:

«Ich bins, dein Lebensbäumchen!»

Aber das ist eben nur Phantasie, weil: in der echten Welt hat man gar keinen Lebensbaum. Ramafelene hat einen, von seiner Mutter im Sülldorfer Moor gepflanzt. Andere Menschen haben sicher auch welche. Aber wenn man keine Mutter hat und auch sonst keinen, nicht mal ein Meerschweinchen, weil das letzte aus Versehen eingegangen ist und einem Ramafelene kein neues erlaubt – woher sollte man einen Lebensbaum haben?

Der Abend fühlt sich zunehmend lang an, wie ein Tunnel, der immer länger wird. Die Laternen, an denen man vorbeikommt, sind größtenteils ausgenommen, Reste vom Innenleben quellen raus. Keine Kupferkabel, keine Edelmetalle. Nur Mischlegierungen zu einem Kurs von neun zu eins – wenn Schrott-Hahmann sie überhaupt nimmt –, und man hätte auch einen schlechten Charakter, wenn man einer wäre, der bei der Zerstörung der Laternen mitmacht.

In den Rucksack kommen stattdessen, nicht so toll: ein rostiges Taschenmesser, ein Fahrradkorb, ein Paar regenbogenfarbener Hosenträger, ein zerbeulter Blechbecher. Bei den Hochhäusern steht ein Herd, an dem hinten die Kupferverkleidung noch dran ist. Das ist selten, über so was kann man sich manchmal freuen, da lacht einem manchmal das Herz. Aber heute?

Heute macht man die zweite Teepause noch vor halb zwölf, so ganz ungemütlich im Stehen, schaut sich nach jemandem um, mit dem man reden kann. Man spürt die feuchte Wärme vom Teedampf im Gesicht, und danach ist das Gesicht umso kälter.

Und es raschelt.

Und der Vogelmanuel erscheint.

Das heißt, er erscheint weniger, er stakst bleich vorbei mit seinem Bollerwagen, an dem hinten Pfauen- und Vogelfedern kleben. Und man geht hinterher und hat gleich so ein Gefühl, dass man ihm etwas anbieten muss. So läuft das doch, kein Gespräch ohne Geld oder Geschenk. Also muss man dem Vogelmanuel das Taschenmesser als Geschenk hinhalten?

«Willst du das vielleicht?»

Der Vogelmanuel stoppt. Er nimmt das Messer und schaut es mit kleinen, kalten Augen an. Als man auf ein Mäuerchen zeigt, weil es vielleicht nett wäre, zusammen darauf zu sitzen, schaut er nur kurz hin. Für das Messer interessiert er sich mehr. Er fächert es langsam ein und lässt es in einer der Taschen seiner riesigen signalgelben Daunenjacke verschwinden. Und geht. Mit seinem Bollerwagen. Von dem die Räder eiern.

Käse.

Anders kann man das nicht nennen.

Und als man an dem Mäuerchen vorbeigeht, erinnert man sich: Das war schön, als man noch jemandem zum Reden hatte, auf diesem Mäuerchen hat man früher Mettbrötchen mit Ramafelene gegessen, wenn man vorher Pfand weggebracht hatte. Man hat über die Traurigkeit seiner Mutter beraten. Oder über Ludwig und seine zunehmende Stummheit. Oder man hat gar nicht beraten und gar nicht gesprochen, sondern World Cup gespielt. Mit zwei Gameboys und einem Verbindungskabel. Da war man vierzehn. Aber heute?

Heute sieht man alleine den Mond an, der ein bisschen zu gelb ist. Heute spürt man, wie der Mond so komisch an einem zieht. Das sind Empfindungen, die man keinem beschreiben kann, weils für so was keine Worte gibt. Nur ganz früher mit Ramafelene war es manchmal so, dass man mit den Worten fast … Der nächste Wanderer erscheint. Dem stellt man sich breitbeinig in den Weg.

«Wie gehts? Kennen wir uns nich?»

Der Mensch, der eine Eisenstange über der Schulter trägt und der ganz eingefallene Wangen hat, antwortet nicht. Er reckt das Kinn vor, als wolle er den Blechbecher, den man ihm schnell als Begrüßungsgeschenk hinhält, beschnuppern. Er fährt sich abwesend mit der Zunge unter der Oberlippe entlang. Daran sieht man, dass es wohl ein Drogenmensch ist.

«Du willst wahrscheinlich nicht reden, oder?»

Richtig. Er latscht einfach weiter. Und der nächste Wanderer heißt Düse. Oder Dose. Ja, Dose. Den kennt man wirklich, der war früher mal Betreuer auf dem Sonnenhof, als man noch Kleinkind war, aber jetzt ist er immer nur besoffen und hört iPod und torkelt vorbei.

Und das macht überhaupt keinen Spaß. Außerdem fängt es plötzlich an zu tröpfeln und donnert sogar ein bisschen in der Ferne. Wie soll man so die Zeit rumbringen? Wie soll man so jemand sein, der sich mag?

Käse.

Man beschließt, dass es vorbei ist mit dieser Nacht. Man beschließt, den ganzen Mist, den man gesammelt hat, wieder loszuwerden. Man stellt den Fahrradkorb neben einen Hauseingang, in dem ein Obdachloser auf Pappen schläft. Und Kupferkram, Blechbecher, Hosenträger – das kann jetzt alles neben dem Obdachlosen abgeladen werden; schließlich mag Ramafelene sowieso nur Sachen, die so richtig wertvoll sind. Für den Kram hier würde er den Blick keine Sekunde von seiner Bibi nehmen.

So geht man zurück. Man fühlt sich wie eine Ratte oder irgend so was Schlimmes, weil ja klar war, dass man nichts Wertvolles findet. Man ist ja keiner, der ein Gespür dafür hätte. Und man erreicht den Sonnenhof und sieht das Lagerfeuer von den anderen. Aber da will man sich heute nicht einfach so dazusetzen, still an den Rand, nee. Wo es doch anscheinend nicht erwünscht ist, dass man da ist.

Und als man sich gerade wieder umdreht und nicht weiß, was tun, als gerade der Mond so richtig an einem zieht – fühlt man sich plötzlich verfolgt.

Jawohl.

Jemand folgt einem die Straße hinunter. Und als man schneller geht, als man links und rechts nach Fluchtwegen sucht, geht der andere auch schneller. Sodass man hektisch wird und falsch abbiegt, sich plötzlich in einer Sackgasse befindet, in einem stockdusteren Innenhof.

In die Ecke gedrängt. Absolut in der Falle befindet man sich. Und der Mensch, dieser andere, knipst eine

Taschenlampe an und hält sie sich unters Kinn. Rundes Gesicht. Glänzende Augen. Türkisfarbenes Jackett. Türkisfarbenes Hemd.

Was heißt das? Ist das die Farbe der Sicksters? Die so gefährlich sein sollen? Mit ihren spitzgefeilten Zähnen?

«Wäre es sehr aufdringlich, dich zu fragen, ob du das öfter machst?»

Was? Ist der Sickster *freundlich*? Macht er sich einen besonderen Spaß?

«Wäre es aufdringlich, dich zu fragen, ob du häufiger Gegenstände an die Ausgestoßenen dieser Gesellschaft verteilst?»

Nein. Das ist kein Sickster. Es ist ein molliger Mann mit kleinen nervösen Augen. Der komisch nahe an einen rankommt. Und nach Pfefferminz riecht.

«Ich wollte dich nicht erschrecken. Ich bin dir nur gefolgt, weil es mich sehr interessiert hat zu sehen, dass du Obdachlosen Spenden bringst. Machst du das oft?»

Ein kaltes blaues Licht ist oben an einem Haus angegangen. Der Mensch steht jetzt sichtbar da und ist normal. Obwohl. Über seinem türkisfarbenen Jackett trägt er einen dünnen Mantel, und er hat eine Glatze, und obendrauf auf seiner Glatze sitzt eine Spiegelbrille. Aber er scheint jedenfalls kein Gangmitglied zu sein, dafür ist er zu sauber. Eher so einer, der mal ein Geschäftsmann war und jetzt vielleicht nicht mehr, mit dem Rucksack auf dem Rücken. Er sieht irgendwie so aus, dass mans nicht weiß.

«Entschuldigung. Ich hab mich noch gar nicht vorgestellt. Sydney mein Name.»

«Sydney, wie die Stadt?»

Der Mond ist gelb. Von oben wird eine Bierflasche geworfen und zerplatzt neben dem Mann. Er fasst einen am Ellenbogen, führt einen zurück ins Laternenlicht und redet, redet, was redet er denn? Er sei in einer bestimmten Mission unterwegs. Er wolle eine Bewegung entwickeln. Und diese Bewegung solle für eine Welt kämpfen, in der es überhaupt keine Obdachlosen mehr gibt. Und auch für andere Ziele. Die er gern erklären wolle.

«Zunächst sind alle Menschen gleich viel wert, Küwi. Damit gehts sozusagen los.»

Kann man da was gegen sagen? Erst mal nicht. Hat man ihm schon seinen Namen verraten? Anscheinend schon.

Was er sagt, hat jedenfalls nichts mit Gefährlichkeit zu tun. Es ist eher was Politisches mit Solidarität. Es ist Inhalt von dem Lied *Die Internationale*, das man mag.

Soll man dem Mann sagen, dass man das Lied *Die Internationale* auf dem Keyboard spielen kann? Weil Ramafelenes Mutter einem das früher mal beigebracht hat?

Nee. Die Stimmung ist jetzt so gut, dass es besser ist, gar nichts zu sagen. Der Mann guckt erfreut, er zieht den Kopf ein und steckt sich einen Kaugummi in den Mund, und Stille herrscht, während er nachdenklich kaut, Pause.

Sodass man erst mal durchatmen kann.

Von der Hauptstraße her weht ein kühler LKW-Wind. Gegenüber liegt, in einem anderen Hauseingang, noch ein Obdachloser. Ein Ausgestoßener dieser Gesellschaft. Ohne Lebensbaum.

Der Mann sagt, dass er findet, das sei eine interessante

Metapher, mit den Bäumen. Man erklärt, dass es keine Metapher oder so was ist, sondern was Normales. Also, dass es wirklich Leute mit Lebensbäumen gibt.

«Kennen Sie zufällig World Cup?»

«Das Gameboyspiel?»

«Ja. Da sind auch alle Menschen gleich. Vom Aussehen her. Sie sind alle viereckig, nur die Trikots und die Frisuren sind ein bisschen unterschiedlich. Daran muss ich immer denken, wenn einer sagt: Alle Menschen sind gleich. Obwohl ich natürlich verstehe, dass es anders gemeint ist.»

«Erstaunlich. Das ist mir nie aufgefallen.»

Zugewandtheit. Das ist die Erfahrung, die man hier macht. Einer will mit einem reden. Der Mond spiegelt sich hell im nassen Asphalt, und man merkt beim schwungvollen Gehen plötzlich, dass man vorher langsam und gebückt gegangen ist. Der Mann räuspert sich oft und macht mit dem Räuspergeräusch so ein kleines Ducken, als würde er immer denken, dass er gleich eins drüberkriegt. Aber dann lächelt er wieder, und es ist ein sehr feines Lächeln, wo man schon sieht: Der ist sehr hell im Kopf!

Was, wenn Ramafelene einen so sehen könnte? Wenn er sehen könnte, dass man hier ein Gespräch mit einem Fremden führt, ja dass man von dem Fremden gelobt wird, weil man Obdachlosen spendet?

Dieser Sydney macht mit seiner Stimme das, was man macht, wenn man Fragen stellt. Er geht hinten so hoch. Wie lange es den Sonnenhof schon gebe, fragt er. Ob Küwi nicht weitererzählen wolle.

Klar. Vom Sonnenhof kann man immer berichten. Von sich selbst nicht so gut. Aber vom Sonnenhof?

Ramafelene

Ramafelene hat sich gerade hingelegt, er ist gerade in einen Traum hineingeraten, in dem Bibis Betreuerin spät am Abend noch anruft – als sie das wirklich noch tut. Heiser kräht sie aus seinem Uralthandy, als rufe sie direkt aus der Sphäre des Albtraums heraus an. Er wimmelt sie ab. Er sagt ihr, er wisse nicht, wo Bibi sei, und es sei schon spät.

Dann legt er sich wieder hin. Er nickt ein, ist gerade schon wieder mit dieser drachenhaften Frau Karrendorf-Geyer beschäftigt, die misstrauischer und misstrauischer nachfragt und mit den Flügeln schlägt, und ihre Drachenhaftigkeit hat irgendwie mit ihrem Namen zu tun – als er plötzlich feststellen muss: Küwi steht an seinem Bett und redet auf ihn ein, so lange und unverständlich, dass sich Ramafelene schließlich seine Strickjacke überstreift und ihm durch den strömenden Regen ins Ladencafé folgt.

Dort sitzt ein sonderbar gekleideter Mann auf einem Klappstuhl und lächelt, die Hände auf dem Bauch gefaltet. Sein Kopf ist kahl und auffällig rund, eigentlich kugelrund. Im flackernden Gaslampenlicht wirkt sein Gesicht ungewöhnlich ausdrucksstark, mit ganz feinen Lachfältchen, wie ein hyperrealistisches Gemälde. Er hat einen intensiv offenen Blick. Kurz ist Ramafelene, als zwinkere er ihm zu.

Er versucht, sein Gehirn anzustellen. Um wen wird es sich handeln – um einen der Verirrten, von denen Küwi häufiger welche anschleppt. Wobei dieser Verirrte hier weniger abgerissen aussieht als die anderen. Sein Aufzug wirkt etwas sektenhaft, der türkisfarbenen Klamotten und der schwarz glänzenden Schuhe wegen.

Anstrengende Angelegenheit.

Küwi setzt sich neben den Typen, als gäbe es etwas ganz Großes zu besprechen.

«Mein Freund Sydney hier sucht einen Platz zum Schlafen. Nich?»

Der Fremde lächelt.

Bibi kommt barfuß aus dem Hinterraum dazu. Sie trägt ein kariertes Arbeitshemd. Es reicht ihr fast bis zu den Knien.

«Hey. Macht ihr hier Party ohne mich?»

Es ist *sein* Hemd – Ramafelene hat noch nie etwas so Schönes gesehen. Bibi, die offenbar das Bedürfnis hatte, in seinem Hemd zu schlafen. Bibi, die seinen Geruch mag. Heißt es das?

Sie schüttelt dem sonderbaren Fremden die Hand und setzt sich neben Küwi an den Tisch. Sie schaut Ramefelene so an, dass er das Gefühl hat, es sei angebracht, sich auch zu setzen. Also gut. Er möchte nicht den Eindruck erwecken, unoffen zu sein.

Draußen blitzt es. Eine Fledermaus flattert am Fenster vorbei.

Der Fremde legt einen Zeigefinger an die Lippen.

2

1, 2, 3 – SYDNEY SEAPUNK KOMMT VORBEI

Hamburg-HafenCity, einige Stunden zuvor

Sydney Seapunk

David van Geelen, Focusing-Trainer und Ex-Krankenhausclown, 40 Jahre alt, steht an der Glasfront seines Büros und betrachtet den Sonnenuntergang. Das Büro befindet sich im Nebengebäude der Van Geelen KG in der Hamburger HafenCity. Es ist ein kleines Büro, ganz am Ende des Flurs, eines, von dem aus nichts entschieden werden kann, eine Abstellkammer, in die sein Bruder Sebastian ihn verfrachtet hat, so empfindet er es.

An der Glasfront des Hauptgebäudes gegenüber steigt die Dunkelheit an wie ein Flüssigkeitsspiegel. Das Van Geelen KG-Hauptgebäude wird langsam von der Nacht verschluckt. Das verschafft David ein Gefühl der Genugtuung. Fast jeden Abend um diese Zeit stellt er sich hier her, um dem Schauspiel zuzusehen: Auch das Van Geelen KG-Hauptgebäude ist nur ein Gebäude, das in der Nacht verschwindet, auch die Van Geelen KG und sein Bruder können nichts ausrichten gegen die Zukunft, die ihm gehören wird.

Das protzige V-Emblem auf dem Dach läuft blutrot an und erlischt. Es ist das Emblem eines fetten, rückschrittlichen Unternehmens.

Wenn man David fragte, würden ihm auf Anhieb fünfzig Unternehmen einfallen, die ästhetisch und inhaltlich progressiver sind. *DuckDuckGo* zum Beispiel, die alternative Suchmaschine. Oder *SteakTzarTzar*, das israelische Start-up, das Hightech-Farmen zur Insektenzucht entwickelt hat, um neue Perspektiven im Kampf gegen den Welthunger zu eröffnen. Die Van Geelen KG dagegen: visionslos. Jedem Mitarbeiter auf dem Flur ist anzusehen, dass es kein höheres Ziel gibt, für das er arbeiten geht. Die Gesichter ziehen David richtig runter. Oder besser: haben ihn runtergezogen, denn damit ist jetzt Schluss.

Er dreht sich um. An der Wand hängt noch das Foto, das er mitnehmen wird. Zu sehen ist seine Mutter, noch in jungen Jahren. Sie spielt Federball, sie ist gerade im Begriff, den Federball hochzuwerfen, als sie zur Kamera blickt, und sie ist noch gesund auf dem Foto, eine blitzgescheite Computerspieleentwicklerin im legeren Trainingsanzug. Der schalkhafte Ausdruck in ihren Augen hat ihn immer begleitet, es spricht aus diesem Blick ein Optimismus, der alle späteren Dunkelheiten überdauert hat.

David nimmt das Foto ab und steckt es in eine Klarsichthülle. Er packt den Wanderrucksack. Sein Tablet kommt hinein, ein paar Ausgaben von *National Geographic* und *Future Minds* und die Graphic Novel, die er gerade liest. Mutters Kettenanhänger steckt er zu dem Foto in die Klarsichthülle, es ist ein türkisfarbener Magnesit. Schlafsack und Isomatte wird er vorsichtshalber auch mitnehmen, ein paar Klamotten, eine Stabtaschenlampe, die Spiegelbrille. Mehr nicht.

Im Rückblick ist klar: Er hätte niemals in die KG zurückkehren dürfen. Er hätte im Silicon Valley, in Kapstadt oder Mosambik bleiben sollen, wo er bestens beschäftigt war und sich nicht mit Sebastian rumärgern musste. Aber vielleicht sollte es so sein. Vielleicht wäre er sonst nie aufgewacht?

Er tritt an das Whiteboard und schreibt eines seiner Mantren an. Es ist ein gutes Gefühl, über mehrere Mantren zu verfügen, sie zu variieren, anstatt eine dogmatische Sache daraus zu machen. Lange Zeit hat er gar nicht von Mantren gesprochen, sondern von *autosuggestiven Soundkörpern*. Im Nachhinein erscheint ihm das allerdings etwas gespreizt. Außerdem hat sich eben doch ein Kern- oder Herzensmantra herausgeschält. Eines, das ihm mehr bedeutet, eines, aus dem eine Wahrheit spricht.

Der Welthunger kann innerhalb eines Jahres zu
100 Prozent ausgemerzt werden.

David legt den Marker weg. Er atmet tief durch. Er klopft ein letztes Mal Fischfutter ins Aquarium. Die Mäulchen der senegalesischen Fadenfische, die zutraulich nach den braunen Bröckchen schnappen, rühren ihn, wie immer. Schon als kleiner Junge hat er alles geliebt, was unter Wasser gedeiht. Selbst den unschönen Zitterschupper mit seinen Tentakelzähnen.

Das Ritual wird ihm fehlen. Er klopft ein letztes Mal vorsichtig an die Scheibe. Die Fische sind zu arglos, um etwas Überdimensioniertes wie ihn zu erkennen, und das ist gut.

Er schließt die Augen. Er macht den Rücken gerade. Als Kind ist ihm die Dunkelheit hinter den geschlossenen Augenlidern wie das Wasser der Tiefsee erschienen. Man konnte darin tauchen, es entstanden wilde Formen darin, Lichtkörper, die es sogar zu einem wissenschaftlichen Begriff gebracht haben: Phosphene. Will er sich sammeln, erinnert er sich daran. Er versucht, an die kindliche Imaginationskraft anzuknüpfen. Dabei braucht es für sein Projekt nicht einmal viel Phantasie. Wissenschaftler haben bewiesen, dass es möglich ist, den Welthunger innerhalb *eines einzigen Jahres* auszumerzen. Jeder zehnte Mensch mit einem monatlichen Nettoeinkommen von mehr als 3000 Dollar müsste nur ein Zwanzigstel seines Einkommens spenden, über den Zeitraum eines einzigen Jahres hinweg. That's it. Auf dem sogenannten Blue Paper hat die NGO *Innovations For Justice Action* im Detail formuliert, wie entsprechende Strukturen geschaffen werden könnten. Es ist eine nüchterne Rechnung, ganz einfach zu machen, es braucht nicht mal eine Revolution.

David atmet so langsam und lange aus, wie es geht. Er wischt sein Mantra vom Board und schreibt ein neues an.

SEAPUNK *wird die Spendenbereitschaft der Menschen hyperpotenziell steigern.*

Er legt den Marker weg. Er tritt zur Glasfront. Seine Knie sind jetzt weich, ihm wird warm. Es ist nicht mehr zu leugnen, dass das Lampenfieber kommt.

Das Hauptgebäude gegenüber: restlos von der Dunkelheit verschluckt. Am Himmel stehen ein paar undeutliche Sterne.

Stille.

In den letzten Wochen kam es ihm oft vor, als würde sein Büro weiträumig umgangen. Als wäre es so still, weil er von den Kollegen, die bei Sebastian punkten wollen, gemieden würde. Aber das hier ist eine andere Stille. Es ist die Geschichte, die Atem holt.

David wischt das Mantra vom Whiteboard, schultert den Rucksack, nimmt den Trenchcoat vom Haken.

Die Bürotür lässt er offen.

hey seapunk, lass dein ego los

das jahrhundert der empathie hat begonnen

Der Mitarbeiterparkplatz ist still und leer. Kein Lüftchen weht. David geht zum letzten Mal am Chefparkplatz vorbei, an Sebastians fettem SUV, über den er sich jeden Tag hat aufregen müssen. Vater hat ein ähnliches Modell gefahren. Auch den Führungsstil hat Sebastian von Vater übernommen: autoritär, humorfrei, ohne soziales Gewissen. Während David den Großteil seines Erbes gespendet hat, ließ Sebastian sich lieber die Blankeneser Villa ausbauen, es war, als wolle er auf Teufel komm raus die Karikatur der Gewissenlosigkeit performen. Um David dann großspurig einzustellen, als habe der sein Geld verloren oder verprasst – ein Witz.

Auf der Rückseite des Hauptgebäudes brennt ganz oben noch Licht. Da zelebriert Sebastian die Abschlussbesprechung mit den zwei, drei Mitarbeitern, die momentan die Ehre haben, zum engsten Kreis zu gehören. Während sich die Welt längst weitergedreht hat, während selbst in der HafenCity schon eine ganz andere Unternehmenskultur herrscht, hängt er dort oben mit ausschließlich männlichen Karrieristen ab, in Büroräumen, in denen es noch immer nach Vaters Zigarren riecht. Anachronistisch ist gar kein Ausdruck.

Im Näherkommen sieht David ihn an der Glasfront stehen: Sebastian van Geelen spricht zum engsten Kreis in seinem Rücken, während er nach draußen gestikuliert.

Am Haupteingang ist Oxana mit der Kehrmaschine zugange. Das Teil ist anscheinend wieder kaputt. Aber heute widersteht David dem Impuls, mit ihr zu reden, er huscht vorbei, als sie ihm den Rücken zuwendet.

Er verlässt das Gelände, er überquert die künstlich

wirkende Grünfläche, den *Central Park*, der für seinen Namen ziemlich klein geraten ist.

An der Bushaltestelle setzt er sich und steht gleich wieder auf – zu aufgeregt zum Sitzen. Gegenüber liegt, wie ein durchsichtiger Legostein, das Café *Lieblingsort*, in dem er nach der Arbeit gerne saß, obwohl es hässlich ist. Seine Hässlichkeit hat dazu geführt, dass man leicht ins Gespräch kam: Am Abend waren wenig Gäste da, und oft waren sie allein. Er wird das vermissen, diese Gespräche mit Fremden, die nächtlichen Spaziergänge auf der Suche nach irgendwem.

Er checkt seine Internetseite. Fünf neue Kommentare gibt es unter seinen Posts. Die absichtlich hypernaive Ästhetik der Collagen wird von manchen geschätzt, von vielen nicht, genau so soll es sein. Eine neue politische Ästhetik muss am Anfang irritieren. Sie muss Dinge runterbrechen, auf eine kindliche Weise nerven, einfache Fragen neu stellen. Das einzelne privilegierte Individuum muss angetriggert werden.

Seiner Mutter hätte das gefallen.

wohlfühlpessimismus war gestern
HAPPY SEAPUNKS
fordern umverteilung ein
www.givedirectly.org

An der Großen Elbstraße steigt David aus und bestellt am Kiosk, obwohl er sonst fast gar nicht trinkt, einen Schnaps. Sein Taschentuch ist zerfleddert und eignet sich nicht mehr zum Schweißabwischen, das Hemd klebt ihm am Körper. Schon vor Monaten hat er entschieden, für die Sache auch ins Gefängnis zu gehen. Wer einen Kult begründen will, wer maximale Aufmerksamkeit sucht, muss sich opfern. Mehr als drei Jahre können es seiner Recherche nach nicht werden, drei Jahre …

Er lässt sich eine Serviette geben, bestellt einen zweiten Schnaps.

Der Seapunk existiert für den Schwarm. Das hat er sich in den letzten Wochen immer wieder einzuschärfen versucht. Als Mantra dazu hat er die letzten Worte von Mr. Spock gewählt:

The needs of the many outweigh
the needs of the few or the one.

Das sitzt, wie es besser nicht sitzen könnte, gerade in Verbindung mit Spocks kühler Stimme. Es ist eine unhinterfragbar anmutende Feststellung, die er seinem Captain zum Trost anbietet, bevor er sich opfert. David hat den Film oft gesehen, zusammen mit seiner Mutter.

Der Kioskbesitzer schaut ihm ins Gesicht. Einen Moment wirkt er irritiert, dann sortiert er weiter Münzen in ein Kästchen. David ist drauf und dran, ihn zu fragen, ob er einen harten Tag gehabt hat. Das ist eine seiner Lieblingseröffnungen. Beiläufig und trotzdem persönlich. Jeder Dritte fängt sofort an zu klagen und damit beginnt das Gespräch – aber nicht heute. Heute zahlt er und geht.

Ein scharfgeschnittener Halbmond steht über orangefarbenen Containerschiffen. Die Pfützen fließen ölig ins Hafenbecken ab, neues Wasser züngelt hoch. David kann das Adrenalin schmecken, während er Richtung Blankenese geht, es schmeckt metallisch und es sättigt die Farben. Der saftig schwarze Himmel ist besprengt von winzigen Sternen. Das Licht einer Kehrmaschine pulsiert auf dem Asphalt. Die verchromten Felgen der teuren Autos, die leise vorbeigleiten, blitzen.

In seinem Inneren flüstert eine Stimme: Sydney Seapunk. Den wird man nicht einsperren können. Der ist mehr Idee, mehr Funke als Mensch.

Er marschiert bergan, die Grünewaldstraße hoch. Die bläulich schimmernden Steinskulpturen im Vorgarten der Oetingers tauchen auf, dahinter das Anwesen der Lakenmachers, dann die Villen der von Leinstädters, Hempelmanns und Kaisers. Es kommt die Ecke, an der er von Sebastian überredet wurde, sich eine Glasmurmel in die Nase zu drücken, so tief, dass sie vom Arzt wieder rausgeholt werden musste. Eine erniedrigende Erinnerung. Im Anschluss saß er mit Vater und Sebastian oben auf der Dachterrasse, und die beiden fanden den Vorfall unheimlich witzig. Sie haben häufig über ihn gelacht, häufiger noch nach Mutters Tod, als müssten sie sich, unfähig zur Trauer, an ihm abreagieren.

Vorbei.

Vor ihm das letzte Haus der Straße. Hinter den hohen, schmucklosen Mauern kaum zu sehen, dreht es der Welt den Rücken zu: Haus Nummer neunzehn, mit dem draculahaften Turm, in dem früher Vaters Zimmer war. David setzt seine Spiegelbrille auf. Er zieht den unscheinbaren Briefumschlag aus der Innentasche seines Trenchcoats. Ein Kind kommt auf einem Snakeboard angefahren. Perfekt. So wird er gar nicht näher ranmüssen an das Haus.

«Kannst du diesen Brief bei den Van Geelens einwerfen?»

«Ich? Wiefo?»

«Ich geb dir fünfzig Euro dafür.»

«Klar. Fuper.»

Er gibt dem Jungen den Brief. Er ist hier aus der Gegend, der Junge, das sieht man, weil er eine Hermès-Steppjacke trägt. Seine Augen sind traurig. Sie erinnern David an das Kind, das er einmal war. Am liebsten würde er ihm noch etwas mitgeben auf den Weg: Versuch, dich zu befreien! Du kannst dich von deiner Vergangenheit lösen. Du musst nur ein paar Entscheidungen treffen. Du musst deine Verletzlichkeit zulassen und neu interpretieren.

Aber schon hat sich der Junge das Geld geschnappt. Er wirft den Brief ein und schlängelt auf seinem Snakeboard weg: SSsssss SSssssss SSssssss.

Und David hat es getan. Er hat die Opferrolle abgeworfen.

eigenverantwortung lautet
das gebot der stunde

wer, verdammt noch mal, soll dinge verändern
wenn nicht

ich

Der Eingang in das verlassene Gewerbegebiet bei Osdorf wird von zwei roten Fabrikschornsteinen markiert. Zwischen den Lagerhallen stehen Männer um eine Feuertonne herum und streiten. David dringt vorsichtig in diese Zone vor. Die Männer tragen Jeansjacken mit einem Ɣ auf dem Rücken. Er hat sich im Internet zu informieren versucht, wie die verschiedenen Gruppierungen heißen, aber es ist schwierig, sie auseinanderzuhalten. Einer der Männer sieht in seine Richtung, er fixiert aber zum Glück einen anderen, der mit seinem Bollerwagen hektisch zur Seite verschwindet.

David geht vorbei.

Zu seiner Linken: das halb überwucherte Betonhäuschen, in dem er in den letzten Wochen einige Male übernachtet hat. Das waren komisch gehemmte Abende. Immer war er drauf und dran, auf seine zukünftigen Komplizen zuzugehen. Aber dann hat er sich nicht getraut, hat stattdessen im Betonhäuschen gesessen, um ihnen wenigstens nah zu sein, in der Hoffnung, dass er den Mut schon finden werde in der Nacht der Tat.

In dieser Nacht.

Im grünlichen Licht der ufoartigen Natriumleuchten erkennt er das Loch im ausgebeulten Drahtzaun. Dort beginnt der Trampelpfad ins Niemandsland zwischen dem Gewerbegebiet und der A 23. Silberne Brennnesselfelder wogen. Ein Autowrack sieht aus wie ein riesiger toter Käfer.

David findet einen Stock und schlägt die Brennnesseln zur Seite, er findet den Baumstamm, der in den vergangenen Wochen zu seinem Beobachtungsposten geworden ist. Er setzt sich in die Kuhle, die sich, so empfindet er es, seinem Hintern angepasst hat.

Vor ihm, im schwachen Mondschein, entsteht langsam, indem sich seine Augen an die Dunkelheit gewöhnen: das Wohnprojekt. Phantastisch. Die hexagonische Anordnung der kugeligen Lehmhäuschen um den Brunnen. Der Eindruck starken Zusammenhalts, der von dem Gelände ausgeht, weil die Häuschen eben so zueinander stehen. Wie sich der Widerschein des Lagerfeuers auf den Lehmmauern wellt und die Gesichter der Bewohner orange färbt!

Da ist der dunkelhäutige Chef, er hat, wie häufig um diese Zeit, die Gitarre rausgeholt. Etwas ungeheuer Besänftigendes geht von ihm aus und auch von seinen Leuten, wie sie da ums Feuer sitzen. Der Wind trägt ihren Gesang herüber, Stimmen, die zwar schief, aber dennoch harmonisch klingen, weil sie ausdrücken: Wir singen zusammen!

Als David die Augen schließt, ist ihm, als hörte er die Stimme seiner Mutter unter den anderen. Genau dort haben sie gesessen und gesungen, beim Tag der offenen Tür. Vor fünfundzwanzig Jahren.

Die Kleinwüchsige ist auf den Rand des Brunnens geklettert. Sie pumpft einen Ast als Taktstab in die Luft. Der Dunkelhäutige spielt die Akustikgitarre mit größter Umsicht. Er schaut jeden Einzelnen an, bevor er den Akkord wechselt, damit auch alle mitkommen im Lied – was sie sowieso tun.

«Ich kam von Hamburg nach Berlin, drei Koffer voll mit Kokain … Cocaine?»

«ALL AROUND MY BRAIN!»

Neben dem Dunkelhäutigen sitzt der weißbärtige Greis und daneben der mit den schiefen Zähnen, der immer so ausdauernd auf dem Rasenmäher fährt. Die alte Frau sitzt abseits, der Runde aber zugewandt, sodass der Eindruck entsteht, sie wolle nicht dazugehören, irgendwie aber doch.

Das Mädchen ist aufgestanden. Es steigt zu der Kleinwüchsigen auf den Brunnen und klatscht. Eine Praktikantin vermutlich. Sie scheint besser integriert zu sein als noch vor ein, zwei Wochen. Mit der Hand fängt sie einen der Tropfen auf, die jetzt fallen. Aber die Sonnenhöfler werden wohl kaum aufhören zu spielen, nicht wegen ein bisschen Regen?

«I am saailing … stormy waters … to be near youuuu … to be free!»

Nein, sie werden weiter singen. Und weil sie so sind, möchte er ihnen etwas Gutes tun. Und dies wäre der Moment, aufzustehen und zu ihnen zu gehen. Er müsste – genau jetzt, im beginnenden Regen, das scheint ihm völlig klar – seine Ansprache halten. Liebe Leute. Everyone. Menschen. Ich war als Krankenhausclown in Kapstadt. So hat es angefangen. Ich hab das Elend in den Cape Flats kennengelernt. Das war Stufe zwei. Und dann, wieder in Deutschland, habe ich gesehen, über welche Wehwehchen wir uns hier beklagen. Das hat mir die Augen geöffnet, Stufe drei: WIR MÜSSEN DIE WELT VERÄNDERN! Und ihr habt die Kraft, mir zu helfen. Ich weiß es.

«Can you heear mee … can you heeear mee …»

Und die Nachrichten mögen weiter apokalyptische Stimmungen verbreiten. Und die Ressourcen mögen schwinden, und alle Träume mögen ausgeträumt erscheinen. Aber es brennen immer noch und immer wieder Lichter im Dunkel. Das sind wir Seapunks. Die wir nicht aufgeben werden. Die wir behaupten: Etwas nie Dagewesenes ist auf dem Weg. Eine globale Bewegung gewaltigen Ausmaßes. Ein plötzlicher Frohsinn, der uns beflügelt.

«Through the dark night … far away …»

Aber er traut sich nicht. David van Geelen, alias Sydney Seapunk, traut sich nicht. Es beschämt ihn, aber ihm ist auch, als fehlte etwas. Als fehlte ein Puzzlestück, als wäre das Bild noch nicht komplett. Und darum kann er nicht hinein.

Dann sieht er, durch den dichter werdenden Regen, den bemützten Riesen drüben am Torbogen stehen. Er steht da wie eine Erscheinung in der sekundenspaltenden Klarheit des ersten Blitzes.

Und das ist sein Link.

3

EIN REICHER GAST

Hamburg-Osdorf, fünf Tage später

Ramafelene

Über Ramafelene an der Lehmdecke befinden sich feine Risse, auf die sein Blick beim Aufwachen fällt, seit er denken kann. Die Welt drum herum allerdings hat sich in den letzten Tagen irritierend umgestaltet. *Jemand hat mir einen offenbar stinkreichen Gast geschickt. Jemand möchte mich prüfen.* Diese unklare Empfindung nimmt er aus seinen Träumen mit.

Die Umrisse der anderen Häuschen wirken ungewohnt dramatisch im fahlen Morgenlicht, als er aus der Tür tritt. Der letztverbliebene Hahn des Sonnenhofs stakst ihm entgegen. Ein Wochenplan liegt im bräunlichen Gras. Auf der Wäscheleine hängt einer von Bibis BHs. Daneben ein türkisfarbenes Hemd.

Der BH stellt insofern ein Problem dar, als es sicher nicht legal ist, Bibi unabgesprochen hierzubehalten, auch wenn sich das Jugendamt bisher nicht wieder gemeldet hat. Das Hemd stellt insofern ein Problem dar, als der Dickwanst von Gast sich mehr oder weniger reingekauft hat. Er zahlt dreihundert Euro pro Nacht und erzwingt damit sein Bleiben. Wie soll man sich gegen so viel Geld wehren?

Als Ramafelene an Küwis Häuschen vorbeikommt, macht der Gast dort seine Morgengymnastik. Er zeigt eine überraschend aufrechte Kerze, zu der er imaginäre Pedale in der Luft bewegt. Küwi hat sich gerade dazugelegt. Natürlich macht er mit. Er ist leichter zu beeinflussen denn je. Von dem flachen Computerdings kommt Musik: esoterisch-sphärische Klänge, die Ramafelene sofort aggressiv machen. Der Gast hat außerdem glatte, unabgenutzte Füße, wie sie nur Büromenschen haben können. Er sucht hier eine naturverbundene Auszeit vom Luxus, das scheint die Situation zu sein! Ramafelene könnte kotzen. Er verabscheut Menschen, die schon so aussehen, als hätten sie keine Ahnung, was finanzielle Schwierigkeiten bedeuten.

Grußlos marschiert er vorbei.

Im Ladencafé brüht er den Bio-Kaffee auf, den der Gast angebracht hat, neben diversen anderen Öko-Produkten. Gestern hat er einen Großeinkauf gemacht, einen letzten, wie er sagt, er wolle sich ganz zurückziehen aus der Stadt.

Mit einem Tablett in den Händen geht Ramafelene zum Hinterraum. Bibi sitzt im warmgoldenen Licht der ersten Sonne, das durch die Plexiglasscheiben fällt, auf der Matratze. Sie hat sich ein Kissen in den Rücken gestopft und lächelt ihn an. Im Schoß hat sie den Arbeitsplan für heute, er hat ihr zugesagt, dass sie ihn mitgestalten darf. Sie ist der Meinung, er solle die Dinge etwas weniger knapp takten, um die Bewohner nicht zu demotivieren. Die Haare trägt sie sozialarbeiterinnenhaft zurückgebunden. Ihr nacktes Knie schaut unter der Decke hervor.

«Moin, Maulwurf. Frühstücken wir wieder hier?»

«Wenn du magst, gerne.»

«Schauen wir Netflix dabei?»

Er setzt sich auf ein Kissen, neben die Matratze, ein Bein aufgestellt, eins liegend. Unsinnigerweise hat er ihr das Versprechen gegeben, zusammen mit dem Jugendamt eine bessere Lösung als das Heim zu finden, ohne die geringste Ahnung, worin diese Lösung bestehen sollte, und ungeachtet der Tatsache, dass er sie bereits illegal beherbergt und außerdem keinerlei Einfluss hat. Er hat es einfach im Überschwang versprochen. Aus Freude darüber, dass sie da ist.

Sie baut ihre kleinen Boxen neben dem Laptop auf, glitzernde Sticker kleben daran. Es macht ihn traurig zu sehen, wie improvisiert sie leben muss. Und dass sie momentan der Schule fernbleibt, ist natürlich auch nicht gut. Das Thema Jugendamt-WG ist allerdings vermintes Gebiet. Ihre Cousine, die sich anscheinend umgebracht hat, war schon in einer.

«Hab gestern mit Sydney und Küwi eine neue Doku-Serie angefangen, *Asgardia*. Es geht um eine winzig kleine Weltraumstation, die es seit einem Jahr gibt und die bald zum ersten Weltraumstaat auserkoren werden soll. Als utopisches Projekt. Schauen wir die?»

«Mhm.»

Die Goldader in seinem Kopf pulsiert. Die ist noch aus einem seiner Träume, die immer irritierend lebendig sind. Ihm träumte, er habe eine Goldader im Kopf, die aus Gedanken an Bibi besteht, und immer pulst diese Ader im Traum ihren Namen, und jedes Pulsieren bringt Kraft. Bibi, Bibi, Bibi.

Sie rührt seinen Kaffee um und dreht ihm eine. Im Internet sucht sie nach der Serie. Sie macht sich darüber lustig, dass er so netzabgewandt lebt. Er sei der letzte Mensch auf der Welt ohne Facebook! Und die Sonnenhof-Internetseite sei das Langweiligste, was sie je gesehen hat. Es werde höchste Zeit, dass sich jemand darum kümmert.

Dieser jemand, weiß Ramafelene, ist der Gast.

Was ihm dabei auf die Nerven geht, ist, dass der sich so aufspielt, als seien etwas Geld und eine neue Internetseite die ganz große Rettung. Außerdem bestärkt er Bibi darin, nichts auf die Schule zu geben, er kommt ihr mit einer sonderbaren Ausreißer-Kumpanei, weil er angeblich auch Probleme mit seiner Familie hat. Verantwortungslos.

«Hast du dir den Entwurf von der neuen Seite denn mal angesehen? Ist doch süß!»

«Weiß nicht. Was soll dieses Türkis überall? Außerdem gibt es darin so ein Ding, wo man draufklickt, und dann kommen seine albernen Collagen.»

«Ein Link zu seinen Collagen. Für Afrika spenden und so, ist doch okay.»

«Wenn du mich fragst, hat er ein schlechtes Gewissen. Wie das bei diesen Managern oft ist. Er hat keine Ahnung von Leuten, die in Armut leben, und glaubt trotzdem, er weiß, was sie brauchen.»

Sie schüttelt den Kopf und sagt, er sei kein Manager, sondern Focusing-Trainer, und er habe lange in Afrika gewohnt. Er war auch schon mal auf dem Sonnenhof, vor langer Zeit, bei einem Tag der offenen Tür. Das habe er

Küwi und ihr gestern erzählt. Und dann habe er geweint! Weil seine Mutter dabei war, die jetzt nicht mehr lebt. Sein erster Besuch auf dem Sonnenhof ist sein letzter Ausflug mit seiner Mutter gewesen.

«Wenn du mich fragst, ist er ein totales Herzchen, Ramafelene! Und gutmütig ist er auch. Er hat Küwi sein Fairphone geschenkt!»

Das ist auch so eine Sache. Dieser Typ macht gönnerhafte Geschenke, einfach so, aber ob das Internet überhaupt gut für Küwi ist, fragt er sich nicht.

Ramafelene nimmt das Mathebuch in die Hand, das neben Bibis Laptop liegt. Sie hat es wohl dort platziert, weil er gesagt hat, er fände es gut, wenn sie trotz allem lernt. Das Buch heißt: Schnittpunkt Mathematik, 10. Schuljahr. Es sieht sehr, sehr unbenutzt aus.

Sie zupft sich einen Tabakkrümel von der Lippe.

«Bibi. Ich denke, wir müssen noch mal über die Sache mit der Jugendamt-WG …»

Plötzlich: der Gast. Er steckt seinen überrunden Kopf zur Tür rein. Lächelt instabil. Etwas an seiner Nervosität erscheint Ramafelene aufgesetzt; obwohl sie wahrscheinlich echt ist, wirkt sie irgendwie übertrieben. Es ist eine Ihr-seid-mir-total-wichtig-Nervosität. Als wollte er immerzu sagen: Bitte, bitte, versteht mich doch, mich und meine seltsamen Collagen! Ich gehöre nämlich zu euch, wir sind tief verbunden!

Unter den Achseln seines türkisfarbenen Hemdes sind große, dunkeltürkisfarbene Flecken.

«Darf ich mich dazusetzen?»

«Klar, Syd. Komm rein.»

«Und dich störts auch nicht, Ramafelene?»

«Wir wollten gerade eine Serie gucken.»

«Asgardia? Das wird der erste Weltraumstaat sein! Man kann auch Staatsbürger werden. Ich bin schon einer.»

Der Gast setzt sich in einer Haltung dazu, die Ramafelenes Haltung gleicht, als wolle er ihn spiegeln. Mit seinen irgendwie weiblichen Händen stellt er ein Schälchen schwarzer Oliven auf das Tablett, als sei das ein toller Beitrag, der noch gefehlt hat. Respektvoll und von unten schaut er Ramafelene an. In Wahrheit aber liegt der Fokus auf ihm, das bewirkt er mit seiner Art.

Ramafelene verstummt. Er bekommt nichts mehr raus, wenn er jemanden nicht mag. Bibi schiebt sich eine Olive in den Mund und beginnt zu plaudern – über den abgehobenen Jugendkultur-Quark, den der Gast von sich gibt.

«Es geht bei Seapunk also um Spenden? Es soll eine Spenden-Jugendbewegung sein? Klingt irgendwie nicht sooo geil. Obwohls von der Moral her wahrscheinlich richtig ist. Aber so megasexy finde ich das jetzt erst mal nicht.»

Der Gast holt pseudointellektuell aus. Es gehe ihm um eine neue Art globalistischer Identität. Revolutionen seien Schnee von vorvorgestern, kein vernünftiger Mensch glaube mehr daran. *Er* wolle die Menschen dazu bringen, die bessere Welt als ein Start-up-Unternehmen zu begreifen. Als etwas, das gemeinsam gemanagt und beworben werden muss, aus dem Bestehenden heraus. Es gebe mittlerweile viele hervorragende Hilfsorganisationen, die aber lächerlich wenig unterstützt würden. Man gebe lieber den kritischen Pessimisten, statt, beispielsweise, zwanzig Prozent seines Einkommens zu spenden.

Einen Moment sieht es aus, als wolle er sagen, was er eigentlich vorhat, irgendwas scheint Ramafelene da im Busch zu sein – aber dann bewirbt er seinen YouTube-Channel.

«Syds Clips sind wirklich ganz cool, Ramafelene! Hab ich mir angesehen.»

Der Gast legt die Olive, die er gerade essen wollte, wieder ab. Er erklärt: Zwar seien die Clips noch Neuland für ihn, aber er glaube, dass da langfristig mehr Musik drin sei als in den Collagen. Er wolle viral werden im Internet. Und es würde ihn interessieren, was jemand wie Ramafelene, als hart arbeitender Mensch, der sich nicht so sehr mit Popkultur auskennt, dazu sage. Ob Ramafelene vielleicht Lust hätte, sich die Clips anzusehen?

Ramafelene beißt in sein Graubrot. Die Käsescheibe fällt runter. Der Gast reicht sie ihm. Der Gast schenkt ihm auch Kaffee nach, obwohl Ramafelene keinen Kaffee mehr will. Immer hat der Gast seine Augen überall. Wenn Ramafelene Bibi anschaut, um zu prüfen, wie sie auf etwas, das der Gast gesagt hat, reagiert, reagiert der Gast mit einem sonderbar devoten Blick. Er zuckt entschuldigend zurück. Als würde Ramafelene irgendwelche Ansprüche auf Bibi erheben. Als wäre Ramafelene ein hart arbeitender, etwas dümmlicher Typ, den man mit Nachsicht behandeln muss, weil er sich noch nicht mal mit dem Internet auskennt. Während der Gast selbst anscheinend der große Versteher ist.

«Syd ist auf der Suche nach einem Projekt, in das er

investieren kann. Er wird bald vier Millionen Euro erben, wenn ich das richtig verstanden habe. Ist doch so, Syd?»

«Ja. Nein. Also, ich möchte euch jetzt nicht verwirren. Ich habe Bibi nur erzählt, dass ich da theoretisch eine Möglichkeit habe, an vier Millionen Euro zu kommen, ganz regulär … also … vielleicht führt das zu weit, jetzt hier beim Frühstück …»

Bevor er weiterreden kann, klopft jemand ans Plexiglasfenster. Der Gast springt auf und sagt, man solle ruhig weiterfrühstücken, er werde sich darum kümmern.

Bibi legt ihr Brot zurück auf den Teller. Sie ist keine, die viel isst. Das müsse der Bote mit den Fairtablets sein, erklärt sie. Der Gast hat im Internet Fairtablets für alle bestellt.

Ingrid

Ramafelenes Mutter, Ingrid Meisner, 62 Jahre alt, Sozialarbeiterin und Ex-Puppenspielerin, tritt aus ihrem Haus und nimmt einen Befehl entgegen, dessen Schärfe sie überrascht. Ihr Sohn steht vor ihr und befiehlt, sie solle den Hühnerstall ausmisten. Dabei hatte sie das eh vor. Innerhalb der nächsten Woche.

«Innerhalb der nächsten Woche? Heute, Mama. Heute. Reicht doch, dass die anderen nur rumsitzen!»

Im Hintergrund bietet sich ein erstaunliches Bild. Die ganze Gurkentruppe, samt Sozialstundenmädchen und Gast, ist um den Holztisch vor dem Laca versammelt. Sie sitzen da und streicheln auf flachen Computern herum. Musik düdelt dazu, recht fröhlich.

Anders ihr Sohn. Die Tatsache, dass die anderen dort so fröhlich vor sich hin düdeln, scheint sogar in einer direkten Beziehung zu dem Missmut zu stehen, mit dem er sich hier zeigt. Er presst die Lippen aufeinander.

«Heute! Ich hab genug davon, dass alle immer nur palavern.»

«Wer palavert?»

«Der Gast. Er zahlt. Okay. Aber gibt ihm das das Recht herumzupalavern und gönnerhaft Tablets zu verschenken? Den Traktor reparieren, das wäre wichtig!»

«Der Gast macht Geschenke? Klingt erst mal okay. Hat er auch wieder Pizza bestellt? Ich hab nämlich Hunger.»

«Pizza. Das ist auch so etwas. Sind wir Pizzataxi-Menschen?»

«Ich schon. Nur vegan müsste sie meines Erachtens nicht sein. Wenn Pizza, dann Salami. Meine Meinung.»

Ingrid lässt ihren Sohn stehen. Sie packt sich den vorbeistaksenden Hahn und trägt ihn Richtung Hühnerstall. Als sie an der einträchtig wirkenden Gruppe am Tisch vorbeikommt, merkt das Sozialstundenmädchen auf und kommt ihr hinterher.

«Kann ich Ihnen helfen? Bei den Hühnern und so? Ich hab irgendwie das Gefühl, ich muss was machen. Weil ich doch hier schlafe.»

«Bei dem Hahn, Mädchen. Nicht bei den Hühnern. Bei dem Hahn. Unserem letzten, traurigen Hahn.»

«Kann ich Ihnen helfen? Bei dem Hahn?»

Das Mädchen wischt sich das verschwitzte Haar aus der Stirn. Hilfe braucht Ingrid nicht, das bisschen Stroh wird sie gerade noch alleine wechseln können. Außerdem kriegt sie Kopfschmerzen vom Reden.

Im Hühnergehege lässt sie den Hahn runter und räumt ein bisschen rum. Als sie sich umdreht, schiebt sich das Mädchen hinter ihr in den Stall.

«Frau Meisner? Ich bring den Biomüll. Ist doch richtig? Den tu ich in den Futterspender?»

«Mhm.»

«Essen die Hühner auch Pizzarand? Es ist hauptsächlich Pizzarand. Irgendwie.»

«Der Hahn. Da ist nur noch ein verzweifelter Hahn.»

Das Mädchen hat an den Schläfen fast durchsichtige Haut, Ingrid kann die Äderchen sehen. Ein niedliches, energisches Dingelchen, irgendwie. Die Nase ist noch kindlich, die Nasenlöcher blähen sich beim Atmen auffällig intensiv. Die blauen Haare wirken, zusammen mit dem blauen Muskelshirt und den türkisfarbenen Turnschühchen, frech. Ist das ein neuer Trend? Dieses ganze Blau und Türkis?

«Frau Meisner? Was halten Sie denn von Syd? Finden Sie, dass er hier Schwung reinbringt? Oder denken Sie, er ist verrückt?»

«Du bist verrückt. Und er wahrscheinlich auch.»

«Ich bin nicht verrückt. Ich bin nur ein bisschen durcheinander. Positiv durcheinander, sagt Syd.»

Ingrid stellt fest, dass ihre Mittagsdunkelheit bereits anrückt. Erst zwölf Uhr, und trotzdem hat sie schon wieder das Gefühl, dass ein Schatten über allem liegt. Es mag zum Teil an ihren Augen liegen, die krank sind, aber es ist auch, weil ihre Seele krank ist, eben alles zusammen. Ihr Herzschlag sackt andauernd so ekelhaft weg. Als würde sie in einem Aufzug viel zu schnell hoch- und runterfahren. Manchmal kann sie das Wegsacken abschwächen, indem sie tief seufzt, aber sobald sie zu seufzen beginnt, übernimmt das Seufzen die Kontrolle, es wiederholt sich in eigenmächtigen Wellen. Es wogt mit Macht von unten nach oben und zurück. Die Welle rollt neu an, noch bevor die letzte verklungen ist. Ihre Brust hebt sich und senkt sich, und Ingrid ist plötzlich zehn Zentimeter kleiner und breiter als vorher. So fühlt es sich an.

Was soll sie der bleichen Unschuld erzählen? Was soll sie einem Wesen sagen, das wahrscheinlich noch Lebenslust empfindet und daran auch nicht gehindert werden sollte?

Ingrid macht eine Geste zum Futterspender hin: Ja, tu rein. Das Mädchen gibt den Biomüll in den Futterspender. Es redet leise mit dem Hahn, der sich hinter seiner Regentonne versteckt.

«Frau Meisner? Es gibt so eine Focusing-Methode, die besagt, dass man in regelmäßigen Abständen neue Dinge probieren soll. Das find ich interessant. Gerade auch wenn man keinen Ausweg weiß, neue Dinge probieren! Deshalb dachte ich, dass ich Sie einfach mal anspreche. Zum Beispiel. Hat der Hahn eigentlich einen Namen?»

«Nein.»

Er heißt Jonathan. Ingrid hat ihn, für sich, nach Ramafelenes Vater benannt. Ramafelenes Vater sah auch immer aus, als wäre er verzweifelt hier, als wäre es besser für ihn, abzuhauen. Immer schien er woandershin zu gehören. An einen anderen Ort, an dem er andere Hühner besteigen kann.

Ingrid steckt sich eine Zigarette zwischen die Lippen. Um nicht seufzen zu müssen.

Ihr Blick fällt auf die verblassten Abbildungen an der Wand. Die stammen noch aus den Hühnerzuchtratgebern, die sie sich bei der Gründung des Sonnenhofs zugelegt haben. Jonathan und sie waren die Hühnerexperten. Das sogenannte Chicken-Team. Soll sie dem Mädchen davon erzählen?

Jene Tage der Hühner-Euphorie, als wir uns die Bergischen

Kräher und die Friesenhühner anschafften, die wie die Verrückten legten …

Kaum. Alte Frauen sollten Kinder mit ihren Erinnerungen in Ruhe lassen.

«Sie sagen also nichts zu Syd. Sie halten sich also raus. Das machen Sie immer so. Oder?»

Ingrid tritt ihre halb aufgerauchte Zigarette aus, weil das Asthma ihr den Hals zuschnürt. Das Mädchen ist frech, aber einen Vorwurf kann sie ihm nicht machen. Keinen Respekt vor dem Alter zu haben, hat sie immer richtig gefunden. Autoritäre Gesellschaften lieben ihre Macho-Greise. Nur blöde Mädchen fragen blöde Großmütter nach blöden Weisheiten, die sie nur beengen. Was soll sie dem widersprechen?

«Ja. Ich halt mich raus. Und den Rest hier mach ich alleine. Geh wieder zu dem Gast und seinem dudelnden Comput– Was ist denn?»

Das Mädchen guckt erschrocken. War Ingrid zu aggressiv? Nein. Das Mädchen guckt so, weil draußen fremde Stimmen sind. Es scheint irgendwas vor sich zu gehen. Ingrid geht raus und guckt.

Polizei.

Fuck.

Seit gefühlt hundert Jahren hat sie keine Bullen mehr gesehen. Aber der Anblick geht ihr immer noch auf den Sack, er gibt ihr das Gefühl, irgendwas falsch gemacht zu haben. Bullen. Es sind zwei. Ein kleiner, der neugierig herumläuft, und dahinter eine lange Frau, die bei den anderen, die am Tisch sitzen, stehen geblieben ist. Weswegen sind sie hier? Wegen dem Mädchen wahrscheinlich, das von zu Hause abgehauen ist, wenn sie das richtig versteht. Die Kleine ist jetzt jedenfalls noch bleicher als zuvor.

«Bullen?!»

Ingrid beruhigt sie. Sie erklärt ihr, was sie sieht: Ramafelene redet mit ihnen. Das kann er ganz gut. Er musste die Bullen früher schon immer verscheuchen. Sie haben ihn vorgeschickt, wenn alle anderen zu breit waren.

«Kommen sie her?»

«Nein, nein. Bleib ruhig.»

Ingrid schaut noch mal nach: Sie kommen her. Das heißt, der Kleine läuft die Häuschen ab, beide Daumen unter dem Gürtel, und die Frau hat die Gruppe am Tisch verlassen und schaut sich misstrauisch um. Sie haben andere Uniformen als damals in der Hafenstraße. Dunkler, enger, aggressiver. Der kleine Bulle sagt etwas zu Ludwig, der zurückgewichen ist und sich die Ohren zuhält, wie immer, wenn er etwas nicht versteht. Die Frau steht jetzt bei Ramafelene. Ramafelene ist aber anscheinend nicht mehr so in Form, vielleicht hat er diesen braven Gesichtsausdruck verloren, den er als Jugendlicher auf Knopfdruck aufsetzen konnte?

Wendy, der Joker, ist auch nicht in Sicht.

«Frau Meisner! Was ist los?»

Der Gast, dieser Dickie, hat sich hinter dem kaputten Traktor versteckt. Er kniet wie ein Kind hinter dem Reifen. Fast könnte man meinen, die Bullen seien seinetwegen hier und nicht wegen dem Mädchen.

Wendy: Noch immer nicht in Sicht. Von alleine wird sie auch nicht kommen. So war das schon früher. Sie traktiert die Bullen nur mit ihren Reimen, wenn man ihr ein Zeichen gibt.

Stattdessen: Küwi. Er stellt sich neben Ramafelene und die lange Frau. Küwi jetzt vor langer Frau. Küwi, auf lange Frau einredend. Küwi mit seinem seltsamen neuen Selbstbewusstsein, das damit zusammenhängt, dass er einen Typen angeschleppt hat, der Geld verschenkt.

«Kommen sie?»

«Küwi hat die Frau anscheinend im Griff. Sie lacht. Küwi zeigt ihr was auf seinem neuen Handy. Und der Kleine geht wieder zurück.»

«Was heißt das? Hauen sie ab?»

«Ich glaube, sie orientieren sich langsam zum Gehen.»

Ingrid dreht sich um. Das Mädchen kauert neben der Regentonne und weint. Der Gast kommt hereingestürmt. Und stürmt gleich wieder raus.

Sydney Seapunk

In Küwis Häuschen, in dem er so freundlich aufgenommen wurde, beruhigt sich David van Geelens Herzschlag. Er setzt sich aufs Sofa und atmet tief durch. Küwi erscheint in der Tür. Er nimmt die Mütze ab, setzt sich aufs Bett, ihm gegenüber, und fährt sich durchs Haar. Die Polizei sei wegen Bibi da gewesen. Aber er selbst habe sich auch erschrocken. Und er, Sydney, ja irgendwie auch, nich?

Weitere Fragen stellt er nicht. Er setzt Teewasser auf. Er blättert in einem Survival-Katalog, in dem er sich Metalldetektoren angestrichen hat.

David atmet durch.

Das Häuschen – es ist wunderbar. Es riecht nach Kräutergarten und warmem Holz. Küwis Bett besteht aus einem Lattenrost auf Ziegelsteinen; ansonsten gibt es den leeren Meerschweinchenkäfig, ein Keyboard, einen zerbeulten Ofen und das schmale Kunstledersofa, auf dem David schlafen darf. Zwischenzeitlich hat Küwi ihm das Bett angeboten, aber das Sofa reicht absolut. In den Cape Flats war er bei einer fünfköpfigen Familie zu Gast, die gar keine Schlafmöbel hatte, nur Bastmatten und einen aus einem Autoreifen gebastelten Hängekorb für das Baby. Seitdem ist ihm nicht mehr danach, sich über fehlenden Schlafkomfort zu beklagen. Außerdem wurde er überhaupt nirgendwo herzlicher aufgenommen als in diesem Häuschen. Er könnte Küwi küssen, wie er da steht und Tee einschenkt.

«Brennnesseltee, Sydney?»

«Gerne.»

Er könnte auch Wendy küssen, die mit ihrem Fairtablet unter dem Arm zur Tür reinkommt. Die Großherzigkeit dieser kleinen Frau – beglückend. Gleich am zweiten Tag hat sie ihm eine selbstgehäkelte Mütze geschenkt. Bei einer Führung durch den Kräutergarten hat sie ihm die Wirkungen der Kräuter und Heilpflanzen erläutert, Andorn gegen Bronchitis, Beifuß gegen Appetitlosigkeit, Bärentraube gegen Blasenentzündungen.

Jetzt sagt sie, sie habe etwas auf YouTube gefunden. Das müssten sie sehen! Mit einem Hops sitzt sie neben David auf dem Sofa und schaut ihn mit dem gesunden Auge an, als würden sie sich seit zwanzig Jahren kennen. Der YouTube-Channel heißt *Tolle Wolle.* Eine ältere Frau führt Häkeltechniken vor. Das meiste kennt sie schon, sagt Wendy, aber man könne immer noch was lernen. Es habe sie auf den Gedanken gebracht, vielleicht selber so einen Kanal aufzumachen.

«Ist das schwer, lieber Bär?»

David nimmt einen Keks entgegen, den Küwi ihm reicht. Nichts würde er lieber tun, als Wendy einen YouTube-Channel einzurichten.

Wendy gibt ihm das Fairtablet. Anscheinend soll er gleich beginnen.

Und während Küwi und Wendy über das verstorbene

Meerschweinchen reden und während Küwi zum Gedenken an Bobbi eine seltsame, aber wunderschöne Version der Mondscheinsonate auf dem Keyboard spielt, macht sich David an die Arbeit. Ihm ist, als habe er endlich, mit vierzig Jahren, eine Familie gefunden.

Einen Schwarm.

Bibi

Die Angst hat Bibi fast wahnsinnig gemacht. Aber es hat gutgetan, zu weinen und Pizza zu essen, und es tut gut, jetzt einer konkreten Aufgabe nachzugehen und Küwi beim Windelwechseln zu helfen. Solche Aufgaben lenken angenehm vom Eigenen ab.

Ludwigs Häuschen sieht aus wie die Kammer eines Mönchs. Es gibt nur eine Kordmatratze auf einem Lattenrost, eine Lampe mit kugelrundem Papierschirm und einen werkbankähnlichen Tisch, auf dem Ludwig liegt. Er trägt ein Unterhemd und die Leinenwindel, die Küwi aufgehakt hat. Seine Augen sind geschlossen. Mit der Zunge macht er leise: klickklickklickklick.

«Is doch kein Problem, Bibi. War doch ganz leicht, die Bullen zu verscheuchen! Dafür brauchst du dich nicht zu bedanken.»

«Trotzdem noch mal danke.»

«Ich hab gesagt, du wärst schon seit über einer Woche nicht mehr hier. Und dann hab ich denen Sydneys Clips gezeigt. Das fanden die witzig.»

Bibi nimmt einen Lappen aus dem Eimer und reicht ihn Küwi. Küwi braucht natürlich keine Assistenz beim Windelwechseln, aber sie brauchte was zu tun – und er hat das gesehen. Neuerdings ist er ganz aufmerksam.

Ludwigs geschlossene Augen sehen aus wie die von einem Küken. Sein Hals besteht quasi nur aus Falten. Der Kehlkopf steht vor wie ein weißer Stein. Unten guckt sie nicht so genau hin, sie sieht nur, dass er da weiße Haare hat und dass da Kacke klebt.

«Komm ruhig näher, Bibi. Ludwig schämt sich nie für irgendwas. Außerdem pennt er immer weg beim Windelnwechseln. Nich, Ludi?»

Bibi kommt einen Schritt näher, schaut aber lieber durch die offene Tür nach draußen. Syd steht drüben auf der Wiese und bezahlt anscheinend gerade den Mechaniker, den er hat kommen lassen, um den Traktor zu reparieren. Ramafelene hat sich fürchterlich aufgeregt, dass Syd ungefragt Fairtablets verschenkt – so was würde hier nicht gebraucht! –, aber dass Syd jetzt den Traktor hat reparieren lassen, scheint auch wieder nicht richtig zu sein. Es ist schade, dass Ramafelene eher noch unglücklicher ist, seit Syd hier wohnt. Wahrscheinlich liegt es auch an den Sorgen, die er sich um sie macht. Der Arme.

«Jetzt brauch ich mal das Puder. War übrigens echt kein Problem mit den Bullen!»

«Danke noch mal.» Bibi reicht ihm die Puderdose. Küwi trägt eines von Syds türkisfarbenen Hemden. Darüber hat sich Ramafelene auch aufgeregt. Aber Küwi hat – irgendwie zu Recht – erwidert: Wenn einer komme und eine Farbe gut finde und er, Küwi, stelle fest, dass er die Farbe auch gut finde – warum sollte er sich dann nicht ein Hemd in dieser Farbe von ihm leihen?

Er hat manchmal eine bestechende Logik.

«Ist dir aufgefallen, dass Sydney auch voll nervös war, Bibi?»

«Nee. Echt? Warum?»

«Weiß nicht. Er ist ein nervöser Typ vielleicht. Aber gleichzeitig ist er auch voll stark!»

Während Küwi die Windeln wechselt, redet er über Angola, darüber, dass dort dreißig Prozent aller Kinder sterben, bevor sie fünf sind. Küwi findet es richtig, sich für solche großen Themen zu interessieren, nicht immer nur für die kleinen. Auch wenn Ramafelene ja eher für die kleinen Themen sei.

Bibi findet auch, dass man sich von Syd eine Scheibe abschneiden kann. Und wenn man keine Familie hat, wie Syd und sie, muss man seinen Weg alleine gehen. Und wenn man dabei vielleicht ein bischen verrückt wird – so what? Was bringt es denn, normal zu sein?

Wendys Gesicht erscheint hinter dem Fenster. Küwi guckt genervt und bedeutet ihr gestisch, dass sie da abhauen soll. Bibi muss lachen, weil sie versteht, was da passiert. Wendy ist seit *vierzig* Jahren in Ludwig verliebt. Sie will nicht akzeptieren, dass Ludwig es nicht erwidern kann, zumindest seit ungefähr zwanzig Jahren nicht mehr – seitdem kann er nicht mehr sprechen und ist auch nicht mehr so aufnahmefähig. Deshalb hat Wendy das mit den Reimen erfunden. Weil er da am Anfang noch manchmal was drauf sagen konnte. So aus Reflex.

Und jetzt – wie geil ist das denn? – ist es anscheinend so, dass Wendy *spannt.* Als sei es voll sexy, wenn einer gewickelt wird. Zum Schießen.

Küwi schimpft und lässt von Ludwig ab. Er erklärt, es sei absolut nicht erlaubt, dass Wendy da hinter dem Fenster steht und guckt. Auch wenn sie als Alibi ihr Geschenk dabeihat. Das Geschenk müsse sie ja nicht gerade jetzt überreichen.

«Was für ein Geschenk?»

«Na, das Geschenk, wo Ramafelene und ich ihr erlaubt haben, dass sie es Ludwig schenken darf. Also, eins pro Woche, damit sie nicht traurig wird. Kannst du vielleicht mal rausgehen und es holen?»

Ludwig macht sein Klickklickklick, und es klingt beunruhigt.

Draußen lässt Bibi sich von Wendy ein gehäkeltes Läppchen in Neon-Reggaefarben mit großen Türkis-Anteilen in die Hand drücken. Wendy nickt sehr sachlich bei der Übergabe, wie ein Arzt oder so, ihre Stimme ist fest.

«Für Ludi.»

Und plötzlich muss Bibi weinen. Schon wieder! Ihre Gefühle sind total durcheinander. Diese Häkelläppchen fliegen überall auf dem Sonnenhof herum. Es ist also anscheinend so, dass Wendy sie seit Jahrzehnten verschenkt. Und weil Ludwig sie nicht braucht, wirft er sie seit Jahrzehnten irgendwohin. Und trotzdem lächelt Wendy! Ihr Spiegelei-Auge lächelt nicht mit, aber der Rest von ihrem Gesicht lächelt! Sie sagt, es sei okay, wenn sie das Geschenk heute nicht selber überreiche. Bibi solle das übernehmen. Sie muss aber versprechen, dass sie es auch *wirklich tue.*

Bibi verspricht es. Hoch und heilig. Und dann geht sie

rein zu Ludwig und Küwi und weiß nicht, wohin mit dem Läppchen.

Küwi nimmt es ihr ab. Er drückt es Ludwig sachlich in die Hand.

Und sie hört auf zu weinen. Sie ist siebzehneinhalb.

Küwi

Wenn man die Polizei verscheucht hat, darf man sich mögen. Man darf in der Einfahrt auf das Pizzataxi warten, das die Abend-Pizza bringt, und sich vollkommen zu Recht freuen. Und man darf auf dem Fairphone diese neue elektronische Musik hören, die man jetzt mag.

Die Dämmerung ist lila, die Hochhäuser von Osdorf sind schwarz, und manche sind von der Seite rosa. Die winzigen Fensterchen sind teilweise orange. Den ganzen Tag über war die Luft so heiß, und dann war ein Nieselregen da, und jetzt riecht der Nieselregen wie ein Parfüm, das sich die A 23 ganz dünn draufgemacht hat.

Das Lagerfeuer drüben bei den anderen wächst. Ramafelene fährt gerade mit der Schubkarre noch mehr Holz ran. Es sieht aus, als wolle er das Feuer besonders groß machen, um zu zeigen, dass er das kann.

Vielleicht will er ausgleichen, dass er die Polizei nicht selbst weggeschickt hat? Und auch den Traktor nicht selbst reparieren konnte? Und überhaupt gerade wenig schafft?

Sydney steht bei ihm und guckt so bewundernd zu. Das macht er, weil Ramafelene das jetzt braucht. Und weil Sydney einer ist, der fühlt, was man machen muss, damit es den anderen gutgeht. Das ist gut.

Ein Brummen ist in der Luft. Das bedeutet, dass das Pizzataximotorrad kommt. Es ist sehr laut, es ist eine richtige kleine Sportmaschine, die der Fahrer da hat, und der Fahrer ist derselbe nette Fahrer wie gestern, vorgestern und vorvorgestern, der mit der Augenklappe und den total schwarzen Haaren. Weil die vegane Pizzeria keinen Lieferservice hat, schreibt Sydney im Internet immer diesen Extralieferservice an, Foodora.

Der Junge parkt. Er tippt sich zum Gruß mit zwei Fingern an die Schläfe. Das kennt man von gestern und macht es auch.

«Hallo. Du bists wieder. Ist der Betrag wieder einundsiebzig Euro und zwanzig?»

«Jepp. Sechsmal Pilze, einmal Spinat. Wenn es beliebt.»

Man macht den Bauchgurt auf und holt Sydneys Portemonnaie raus. Dabei versucht man, ein bisschen zu reden, weil man normalerweise zu schüchtern dafür ist, Sydney einem aber gesagt hat, dass man ein guter Gesprächspartner ist, der auch humorvoll sein kann, man müsse sich nur mehr trauen! Also erzählt man dem Jungen, dass man jetzt auch ein Fairtablet und Facebook hat und mit Leuten aus Mosambik befreundet ist und denen – auf Englisch! – was geschrieben hat.

Der Junge sagt, dass ihn das freut. Er hat schwarze Stellen vorne an den Zähnen und ist wahrscheinlich arm. Wenn man das richtig verstanden hat, ist Foodora eine Firma, bei der jeder arbeiten kann, weil das über das Internet läuft, und so ist es vielleicht für den armen Jungen etwas Gutes? Aber genau weiß mans nicht, weil man nicht weiß, ob die auch gut bezahlen. Man weiß nur, dass man in so einer Situation immer fragen muss, wie es dem anderen geht, man muss sich nach dessen *Meinungen* und so erkundigen. Aber wenn man den anderen so überhaupt gar nicht kennt, fällt es natürlich schwer.

«Bist du eher dafür, auf Facebook seinen normalen Namen zu haben, oder bist du eher dafür, einen anderen Namen zu haben?»

«Mhm. Also, es macht einundsiebzig Euro und zwanzig.»

«Hast du Internet?»

«Doch, doch.»

Man lässt es gut sein. Das ist auch was Wichtiges! Dass man merkt, wenn es nicht so passt, und dann versteht, dass es nicht unbedingt gegen einen gemeint ist. Man findet den Jungen trotzdem nett, auch wenn er jetzt anscheinend nicht so viel Zeit hat. Das muss man nicht auf sich selbst beziehen.

Von der Seite kommt Bibi dazu. Die beiden sehen sich an und haben vielleicht ein bisschen eine bessere Verbindung, weil sie in einem ähnlichen Alter sind und der eine ist ein Mann und die andere eine Frau. Man ärgert sich aber diesmal nicht darüber, wenn andere eine bessere Verbindung haben. Schlimm ist das ganze Leben nur, wenn man sich selbst das Gefühl gibt, was falsch zu machen. Wenn man aber ganz bei sich ist und sich sagt: Ich bin ich!, kann man sich auch ganz fröhlich fühlen.

«Ich werde dir noch fünf Euro Trinkgeld geben. Das hat der Freund von mir, der das bezahlt, erlaubt.»

«Danke.»

«Es ist, wie gesagt, gar nicht von mir.»

«Küwi. Jetzt gibt doch dem Ammon mal das Geld.»

Der Junge, der also Ammon heißt, nimmt das Geld, und bedankt sich noch mal. Er grüßt mit zwei Fingerspitzen an der Schläfe. Das macht man auch. Dann setzt er sich auf sein Sportmotorrad mit den hubbeligen Reifen und fährt laut und schnell weg.

Bibi zwinkert einem mit beiden Augen zu. Das macht sie manchmal. Es geht ihr wieder gut.

«Nimmst du die Pizzen hier, Küwi? Dann bringe ich Ingrid ihre. Sie will drinnen essen.»

«Hat sie wieder Kopfweh?»

«Sieht so aus.»

Das Feuer faucht, als man mit den Pizzen zu den anderen kommt. Ramafelene ist noch immer dran. Das Feuer bewegt sich innen schon ganz schnell in Orange und Weiß, und er wirft trotzdem noch Pappelholz drauf. Er sieht aus wie jemand, der sehr durcheinander ist, aber von sich selber denkt: Ich mache ganz normal ein Feuer!

Spinat ist für ihn. Er legt den Pizzakarton auf den Brunnenrand. Sydney steht dabei, wie wenn er etwas sagen will.

«Bibi kommt gleich, Sydney. Sie bringt noch kurz der Ingrid ihre Pizza.»

«Dann warte ich noch! Es sollen alle versammelt sein.»

Ramafelene zündet sich eine selbstgedrehte Zigarette an. Irgendwie sieht er neben Sydney aus wie ein Hippie, weil er ja seine üblichen Kordsachen trägt, während Sydney einen viel saubereren und moderneren Kleidungsstil hat.

Bibi kommt. Sie setzt sich im Schneidersitz auf den

Boden und beginnt gleich zu futtern. Sydney macht sein vorsichtiges Räuspern, er faltet die Hände vor dem Bauch und lässt sie hängen und faltet sie wieder vor dem Bauch. Er tupft sich die Stirn so komisch mit einem Taschentuch ab.

Man sieht sich um. Wendy, Mark und Ludwig sitzen vor dem Laca. Vielleicht sollten sie auch dazukommen, wenn alle zusammen sein sollen? Aber vielleicht auch nicht. Weil: Sydney guckt geheimnisvoll.

«Also. Küwi. Ramafelene. Bibi. Mein wirklicher Name ist nicht Sydney. Mein wirklicher Name ist David van Geelen. Und ich … ich möchte eine Umverteilungsaktion durchführen, die nicht besonders legal ist. So seltsam das im ersten Moment klingen …»

Also nicht Sydney Seapunk. Nur auf Facebook. Das hatte man sich irgendwie schon gedacht. Und auch, dass er irgendwas machen will. Etwas Großes. Aber was?

4

SEBASTIAN VAN GEELEN LIEST EINEN BRIEF

Hamburg-Blankenese, dieselbe Nacht

Sebastian

Sebastian van Geelen sitzt in seinem Lesezimmer und liest einen Brief, den er, frisch zurück von einer Tagung in Genf, aus seinem Briefkasten gezogen hat.

> WIR HABEN IHREN BRUDER DAVID VAN
> GEELEN ENTFÜHRT.
> WIR FORDERN EIN LÖSEGELD VON
> 4 000 000 EURO.
> NUR GEBRAUCHTE SCHEINE, KEINE SERIEN
> KEINE MARKIERUNGEN – CHEMISCH
> ODER UNTER UV-INFRAROTLICHT
> SICHTBAR – WIRD VON UNS GEPRÜFT!
> ÜBERGABEMODALITÄTEN FOLGEN MIT
> LEBENSBEWEIS ÜBER BEILIEGENDES
> MOBILTELEFON.
> DAS EINSCHALTEN VON POLIZEI
> BEDEUTET DEN TOD IHRES BRUDERS!
> WENN ALLE FORDERUNGEN ERFÜLLT
> SIND, WIRD IHR BRUDER 48 STUNDEN
> NACH ERHALT DES LÖSEGELDS VON UNS
> UNVERLETZT FREIGELASSEN.
> BESORGEN SIE DAS LÖSEGELD UND
> WARTEN SIE WEITERE ANWEISUNGEN AB!

Er hüstelt. Er betrachtet das beigelegte Mobiltelefon. Er liest den Brief noch mal. Dann steigt er in den Lift, fährt auf die rundum verglaste Dachterrasse, geht zu dem Käfig, der in der Mitte, zwischen zwei Magnolienbäumen, steht, steckt einen Zeigefinger zwischen die Gitterstäbe und krault seinem Gelbhaubenhabicht Gero die Nackenfedern. Es ist still. Weit nach Mitternacht. Nur das leise Klopfen seiner Hausschuhe auf den Steinplatten ist zu hören, als er die glockenförmige Voliere umkreist und Gero von allen Seiten betrachtet.

Gero zieht den Kopf ein und schließt die Augen. Er ist Sebastian van Geelens Ansprechpartner Nummer eins in drängenden Fragen. Eine bewährte Methode, wenn es darum geht, sich zu sammeln. Er spricht in Gedanken mit ihm.

Ist das einer von Davids Scherzen? Das muss ich erst mal ernst nehmen, oder? Was hätte Vater wohl dazu gesagt? Und Mutter?

Seit er elf ist, ist Sebastian van Geelen ein glühender Verehrer des florentinischen Philosophen Niccolò Machiavelli. Schönes Denken bedeutet kühles Denken. Nichts vernebelt den Geist mehr als die Wirrnis anderer Menschen, als die Wärme der Herde. Das Zwiegespräch mit einem Vogel dagegen fördert das logische Denkvermögen, sofern man nicht vergisst, dass es sich dabei um einen Dialog mit sich selber handelt.

Der Vogel putzt sich. Die Zerzaustheit seiner Federn gibt ihm den Ausdruck eines wirren Alten, der nicht weiß, wo er ist. Ein wenig sieht er aus wie Vater in seinen betrüblichen letzten Tagen.

Sebastian nimmt den Lift nach unten. Im Billardzimmer steigt er aus. Er betrachtet den grünen Filz. Er rollt die Acht in eine Tasche. Die anderen Kugeln liegen noch, wie Vater und er sie nach dem letzten Spiel zurückgelassen haben, er hat den Raum seitdem nicht betreten. Das ist jetzt zwei Jahre her.

Durch den Flur findet er zurück ins Lesezimmer. Er setzt sich auf die Chaiselongue, ganz vorne auf die Kante, und liest den Brief noch mal.

> DAS EINSCHALTEN VON POLIZEI
> BEDEUTET DEN TOD IHRES BRUDERS!
> WENN ALLE FORDERUNGEN ERFÜLLT
> SIND, WIRD IHR BRUDER 48 STUNDEN
> NACH ERHALT DES LÖSEGELDS VON UNS
> UNVERLETZT FREIGELASSEN.

Der Brief ist in einem sachlichen Ton verfasst. Die Unterstreichungen wurden mit Fineliner vorgenommen. Es sind keine Zwischentöne dabei, die an einen von Davids Scherzen erinnern würden. Oder an die Heulkrämpfe, die er als Kind inszeniert hat, um Aufmerksamkeit zu bekommen. Es ist gar nichts von David an diesem Brief.

Sebastian van Geelen betrachtet den ausgestopften Puma, der an der Wand gegenüber steht. David ist als Kind gerne auf ihm geritten. Durch ein Land, das er theatralisch als ‹Fantasia› bezeichnet hat.

Mutters Beerdigung fällt ihm ein.

Es war das letzte Mal, dass er ein vernünftiges Gespräch mit David führen konnte. Wie lange ist das her, fünfundzwanzig Jahre? Danach: nur noch Missverständnisse. Das ganze letzte Jahr über haben sie sich, obwohl zwischen ihren Büros keine fünfhundert Meter liegen, kaum gesehen. Er weiß nichts über seinen Bruder heute, fällt ihm auf. Hat er sich mit Kriminellen eingelassen?

Die Gedanken stocken. Das Display an der Wand zeigt vierzehn Grad. Die Leselampe aus strahlförmig divergierenden Edelstahlstangen, von Mutter konstruiert, wirft ein gleichmäßiges Licht. Perfekte Atmosphäre zum Nachdenken in diesem Zimmer. Eigentlich.

Sebastian steht auf. Er fährt ins Souterrain zu seinen Terrarien. Er legt beide Hände ans Glas und betrachtet Lou, die Galapagosechse. Lou ist seine Ansprechpartnerin, wenn es um emotionale Konflikte geht. Er hat sie lange nicht konsultiert.

Würde Mutter sagen, ich sei daran schuld? Würde sie es mir anlasten?

Lou befeuchtet die lidlosen Augen mit der Zunge. Ansonsten kommt keine Reaktion, die einen Gedanken anstoßen würde.

Sebastian verspürt den Impuls, an Mutters Grab zu gehen und ein Gespräch mit ihr zu versuchen. Er weiß natürlich, dass sie ihn nicht hören kann – sie ist mausetot, und niemand wird etwas daran ändern –, aber es gab einige Punkte in seinem Leben, an denen er sie auf dem Hauptfriedhof besucht und ihr Fragen gestellt hat, und ihm war, als seien diese Versuche nicht ganz ohne Ergebnis gewesen. Das Grab schwieg. Aber das Schweigen setzte Überlegungen in Gang. Lou senkt den Kopf.

Plötzlich friert er. Wie lange lag der Brief schon in seinem Briefkasten?

Gleich morgen wird er bei der Privatbank Roger und Roger anrufen und die Auszahlung von vier Millionen Euro veranlassen. Vorsichtshalber, falls man David da mit der Polizei nicht rauskriegen sollte.

Außerdem kann Mutter dann später am Grab, falls sie doch noch mal etwas verlautbaren sollte, ihm zumindest nicht vorwerfen, er sei untätig gewesen.

Lou hebt einen Fuß, setzt ihn nicht wieder ab.

5

DIE ENTFÜHRUNG DES OPTIMISTEN SYDNEY SEAPUNK

Zwei Tage später

Ramafelene

Ramafelene folgt Bibi und Küwi durch das Sülldorfer Moor, heimlich, in einem Abstand von zehn Metern. Die beiden wollen Kamille sammeln und diskutieren die Frage, was man mit dem Geld alles machen könnte. Zwei Millionen will der Gast dem Sonnenhof geben, sofern sie ihm bei der Abwicklung des Ganzen behilflich sind. Die anderen zwei will er an *Give directly* spenden oder eine andere Organisation, das solle die gemeinsame Entscheidung aller «Seapunks» sein. Danach wolle er freiwillig ins Gefängnis gehen. Um als Märtyrer bekannt zu werden. Und Nachahmungstäter zu animieren.

Ein Plan, so abwegig, dass Ramafelene ihn gar nicht zu fassen kriegt.

Küwi und Bibi dagegen phantasieren munter drauflos. Küwi schlägt vor, man könnte von dem Geld die Werkstatt bauen, von der er schon immer träumt. Und Bibi: Man könnte das Ladencafé wieder zu einem richtigen Café machen!

Ramafelene schiebt Äste zur Seite. Er schwitzt und weiß nicht, was das für eine Prüfung sein soll, in die er da hineingeraten ist. Von der braunen Kruste des Moores steigt Modergeruch auf. In der Luft ist ein ölfarbenes Schimmern.

«Ich glaube, dass Welthunger eigentlich mein Thema ist, Bibi! Hast du dir mal vorgestellt, wie sich das anfühlt?»

«Hunger?»

«Vielleicht ist es so, wie wenn man lange im Kräutergarten gearbeitet hat und dann wahnsinnigen Durst hat, nur eben als Hunger und noch ziehender! Weil man merkt, dass man ganz schwach wird im Körper. Sodass einem schwindelig wird.»

«Weißt du, was ich auch krass finde? Neglected tropical deseases.»

«Was war das noch mal?»

«Die Krankheiten, die eigentlich schon ausgerottet sind. Nur in den ärmsten Ländern nicht. Obwohl es fast nichts kostet.»

«Ja, das finde ich auch super! Also, schlecht.»

Ramafelene stellt fest, dass er sich verantwortlich fühlt. Seine Leute müssen beschützt werden vor diesem Pseudo-Robin-Hood, so viel ist klar. Er duckt sich. Er folgt der gequetschten und der hellen Stimme durch die Schatten der Bäume und Wolken hindurch.

Auf der Lichtung bleibt Küwi stehen und zeigt Bibi, wie man Kamille pflückt. Man darf nur die größeren Blütenköpfe abreißen, und zwar ganz oben, damit sie nachwachsen können. Das hat Ramafelene ihm beigebracht. Es erinnert ihn an früher und an ihre Freundschaft, die wahrscheinlich zuletzt etwas zu kurz gekommen ist.

Nicht zu leugnen ist, dass sich Küwi und Bibi besser verstehen. Aber so ist das natürlich, wenn sektiererische Energien am Werke sind.

Als Bibi sich umsieht, ist in ihrem Blick ein schraubender Ernst. Sie sagt zu Küwi, dass man von dem Geld auch Ramafelene mal etwas Gutes tun sollte, ihm ein Wellness-Wochenende spendieren oder so. Und Ramafelene ist gerührt, weil er weiß, woran sie dabei wahrscheinlich denkt. An den *Geheimplan*, den sie ihm gestern vorgeschlagen hat. Sie beide, Ramafelene und Bibi, sollen von den zwei Millionen Euro gemeinsam nach Tunesien fliegen. Sie sollen acht Monate in Tunesien Urlaub machen, bis Bibi volljährig ist und nicht mehr ins Heim abgeschoben werden kann. Eine schöne Phantasie.

Bibi zieht ihre Springerstiefel aus und folgt Küwi barfuß ins Kamillenfeld. Sie hat eine kurze grüne Sporthose an und ein T-Shirt, auf dem *Unicorns Unite* steht. Ihr Haar trägt sie in zwei Zöpfen – andauernd variiert sie ihre Frisur, und immer wird es eigentlich nur besser.

In Ramafelenes Kopf befindet sich noch immer diese Goldader aus seinem Traum, und sie pulst, und das Pulsieren transportiert Leichtigkeit und Lebenslust, obwohl das absolut unangemessen erscheint.

Im Meer schwimmen. Hotel-Buffets. Sich auf eine neue Weise näherkommen?

Küwi taucht mit dem Oberkörper ins Kamillenfeld; Bibi lacht und ruft, er sehe aus wie eine Hummel, wenn er sich so vorbeuge. Und Küwi, normalerweise empfindlich, schimpft nicht und marschiert nicht wütend weg, sondern hebt den Kopf, schiebt die Spiegelbrille hoch, die er von David hat, und zeigt ein halbes Lächeln. Er ruft, sie mache wohl gerne Vergleiche mit Tieren. Und ob sie wisse, dass Hummeln sehr fleißig sind.

Ramafelene pirscht sich näher ran. Der leise Ton in

seinem Kopf hat den Charakter eines undichten Ventils. Es fühlt sich an, als würde Luft aus seinem Gehirn gelassen.

Unicorns Unite. Acht Monate Tunesien. Mit der Kohle abhauen, ohne die anderen zu informieren, wäre zumindest eine Handlung, die irgendwie gegen David gerichtet wäre. Schließlich stellt er sich wahrscheinlich nicht vor, dass sie das Geld zu zweit für einen Urlaub raushauen.

«Sag mal, Bibi, was würdest DU eigentlich machen mit dem Geld? Also für dich? Wenn du dir das ganz frei wünschen dürftest?»

«Ich? Och … ich weiß nicht. Das Geld wäre ja für den Sonnenhof. Das wäre ja nicht für mich.»

«Das stimmt! Man sollte weniger egoistisch sein!»

Der Ton zieht sich zu. Die schattigen Wege vor ihm verändern sich perspektivisch. Der Tinnitus knetet alles um; er macht alles überausdrucksvoll. Ein fetter Vogel hüpft aus dem Dickicht, legt den Kopf schief und guckt Ramafelene seelenvoll an. Bibis Füße drüben in der Kamille beginnen zu leuchten.

Im Traum der letzten Nacht war Tunesien kein Hotel, sondern ein Wald mit einer Hütte. Bibi und er hatten sich entschlossen, für immer in dieser Waldhütte zu leben. Die Vorhänge im Schlafzimmer waren gelb gemustert und wurden von einem warmen Waldwind bewegt. Alles war sehr detailliert, weniger wie ein Traum, mehr wie eine Erinnerung, es war, als würde er sich an die Zukunft erinnern. Da waren Kinder. Die draußen spielten. Ihre Stimmen waren bis ins Schlafzimmer zu hören. Bibi sah ihn verschlafen und glücklich an. Es war das eigentliche

Leben, von dem er immer geahnt hat, dass es irgendwann noch kommt …

Der Ast, an dem er sich festgehalten hat, bricht ab. Bibi schaut sich um. Sie kommt ihm noch strahlender vor, seit David mit seinem Plan rausgerückt ist. Ihre Turnhose reflektiert die Sonne. Ihre Knollenknie sind rot und rau wie die eines Jungen. Aber ihre Augen sind die einer Erwachsenen. Sie verstehen ihn.

Küwi ist inzwischen an die Buche getreten. Ramafelenes Lebensbaum.

«Den hat Ingrid für ihn gepflanzt.»

«Echt? Dass kann ich mir bei ihr gar nicht vorstellen.»

Bibi tätschelt den Baum.

Sie schaut vage in Ramafelenes Richtung und schiebt mit dem Daumen den Träger ihres XL-Unterhemds hoch. Eine automatische Bewegung, auf die er wartet, und immer, wenn sie kommt, denkt er: Wie vertraut sind wir uns!

Hinter ihm knackt etwas. Das ist ein kritischer Prüfer und Beobachter, der aus seinen Träumen stammt. In den letzten Tagen ist er immer präsenter geworden. Es ist ein Mischwesen aus Frau Karrendorf-Geyer und seiner Mutter.

«Wenn wir die Sache mit dem Geld geschafft haben, können wir uns ja vielleicht auch Lebensbäume pflanzen, Bibi. Ich hoffe nur, dass wir Ramafelene überreden können. Denn wenn wirs nicht machen, geht David wieder weg, und es ist wieder wie immer. Nich?»

Auf dem Rückweg, unschön, sehr unschön, die physische Verdichtung des Beobachters, der neuerdings auch rascheln, vorwurfsvoll knacken und als Schatten am Rand des Sichtfelds vorbei huschen kann.

Auf dem Sonnenhof stolpert Ramafelene sofort zum Teich. Er schaufelt sich Wasser ins Gesicht, um wieder klar zu werden. Er setzt sich ins Gras.

Mutter ist nicht zu sehen. Der kleine Vorhang vor ihrem Fenster ist zugezogen. Dennoch existiert sie in diesem Haus, konstant pessimistisch und labil. Ramafelene hat David vorsichtshalber verboten, sie einzuweihen.

Wendys Häkelmütze gleitet über den Kräutergartenbüschen hin und her. Es ist eine neue Mütze, sie häkelt jetzt vorwiegend türkis. Als sie hinter der Hecke vorkommt, denkt Ramafelene, sie lächelt und winkt ihm zu, seine gute alte Patentante Wendy – aber sie lächelt und winkt hoch zu Ingrids Fenster, das gerade von David geöffnet wird. Er steckt seinen gruselig runden Kopf heraus.

«HEY RAMAFELENE! IST DA UNTEN ALLES COOL?»

David ist in das Reich seiner Mutter eingedrungen. Hat sich seinem Befehl widersetzt.

«HIER OBEN IST ALLES GUT. DEINE MUTTER UND ICH PLAUDERN NUR EIN BISSCHEN, GANZ HARMLOS. BIBI UND ICH KOCHEN NACHHER ÜBRIGENS FÜR ALLE. MESSIR WOOT. EIN ÄTHIOPISCHES LINSENGERICHT. WEIL DU DOCH NICHT IMMER NUR PIZZA WOLLTEST. MAGST DU LINSEN?»

Davids Puppenlächeln. Seine Freundlichkeit, an der etwas nicht stimmt. Er krempelt seine Hemdsärmel auf wie ein Politiker, der Bodenständigkeit demonstrieren will. Er hält sich die Faust unter die Nase und schaut in die Ferne, als wenn er über etwas sehr Tiefsinniges nachdenkt. Aber Ramafelene ist es, der nachdenkt. Über Tunesien. Darüber, David eins auszuwischen.

«DAVID?»

«JA?»

«HEUTE WIRD NICHT GEKOCHT. HEUTE BESTELLE ICH WAS. MIT FLEISCH.»

Sydney Seapunk

David van Geelen schließt freundlich das Fenster. Ramafelene ist noch immer eine Baustelle. Stolz. Schwer zu erreichen. Aber vielleicht ist es möglich, durch seine Mutter einen Link zu ihm zu kriegen?

Ingrid sitzt auf dem Bett und hat die Augen geschlossen. Ihre Unterlider sind dunkelviolette Halbmonde.

So gerne würde er ihr vermitteln, was er in seinem ersten E-Book *Wie kommuniziere ich angstfrei?* zum Thema Pessimismus herausgefunden hat. Dass er sich aus derselben Energie speist wie radikaler Optimismus. Ja, dass Melancholiker gleichzeitig Enthusiasten sein *müssen*, um ihre volle Wirkungskraft zu entwickeln – die größer sein kann als bei vielen anderen Menschen. Auch Unsicherheit weist, seines Erachtens, auf ein Potenzial hin, nicht auf eine Schwäche. Zumindest bei Ingrid Meisner scheint das der Fall zu sein. Er hat das Gefühl, ihr in einigen Punkten zu ähneln.

Sie seufzt. Sie stützt sich mit den Armen links und rechts ab, schaut zu Boden. Birkenstocksandalen. Karottenjeans. Ein Kurzhaarschnitt, der ausdrückt: zu alt, um noch gut aussehen zu wollen.

Er hält die Spannung, die zwischen ihnen besteht, erst mal aus. Ihm scheint, als wirke er ein wenig neurotisch auf sie, und da ist es sicher besser, eine gewisse Normalität anzubieten, anstatt nassforsch zu agieren. In dieser Situation sollte man die eigene Normalität gewissermaßen als Visitenkarte auf den Tisch legen. Und auf der Visitenkarte muss stehen: Wir fühlen uns wohl. Wir haben keinerlei wahnwitzige Projekte. Wir wollen einfach reden – und vielleicht ein paar Gemeinsamkeiten entdecken.

Sie zupft an dem Flicken am Ellbogen ihrer Strickjacke herum.

«Wissen Sie, Frau Meisner, wenn ich Ihnen was über mich verraten darf: Mir wurde früher oft gesagt, dass ich ein nervöses Auftreten hätte. Doch mittlerweile, das glaube ich sagen zu können, habe ich diese Nervosität in etwas anderes umgewandelt. Und zwar seit ich in Südafrika war, seitdem ich dort in den Cape Flats gearbeitet habe. Und seit ich im Westen bestimmte Entwicklungen beobachte, den Protektionismus, die nationalistischen Backlashs. Diese Eindrücke haben mich nämlich zu der Überzeugung gebracht, dass Menschen mit neuen Ideen dringend gebraucht werden. Und ich habe mir gedacht, dass ich meine nervöse Energie vielleicht in Ideen umwandeln könnte. Ich bin mir natürlich nicht sicher, aber ich hoffe, es ist mir ein wenig geglückt.»

«Sie reden ja was.»

«Ja. Weil ich Surafel kennengelernt habe, der in einer Coltan-Mine im Kongo mehr oder weniger als Sklave gearbeitet hat, Frau Meisner! Ich bin bei seiner Familie zu Gast gewesen. Sein Spitzname war Sydney. Er ist mit vierzig gestorben.»

«Was hat das denn jetzt mit ihrer Nervosität zu tun?»

«Sehr viel. Weil sie eben weg ist, seit ich mich mehr für andere interessiere, seitdem ich, ganz für mich, eine Aufgabe gefunden habe. Und Sie sehen aus, als warteten Sie auf eine Aufgabe. Auf irgendwas warten Sie doch!»

Obacht. Er spricht doch etwas forscher, als er es sich vorgenommen hat.

Sie antwortet nicht, sie reißt den Flicken ab.

Der Boden ihres Zimmers ist mit Büchern und Klamotten bedeckt. Das wirkt etwas teeniehaft. Er sieht ein Buch mit dem Titel *Gelassenheit*, von dem sagt sie, es hätten ihr die Bewohner geschenkt. Außerdem Adornos *Negative Dialektik*, das er auch mal gelesen hat, vor Ewigkeiten.

Sie wendet sich ihrem schreinähnlichen Nachttischchen zu und zündet eine Grabkerze an. Das Kerzenlicht bei Tag wirkt entrückt. Hinter der Kerze steht ein Foto, von dem er vermutet, dass es die Gründungsgruppe des Sonnenhofs zeigt. Er fragt aber nicht danach, er möchte versuchen, sie kommen zu lassen. Manchmal verschreckt er die Leute zu schnell. Die Erfahrung hat er machen müssen.

Bewusst sucht er nach einem liebenswerten Detail an ihrem Äußeren. Das ist eine Übung, die man überall machen kann, in der U-Bahn, in der Fußgängerzone: Finde eine winzig kleine Liebenswürdigkeit an einem Menschen. Das konditioniert den Blick für das Positive. Es ist eine Übung, die gute Laune macht; er hat sie in seinem zweiten E-Book *Wie kann ich wachsen?* empfohlen.

Ingrid Meisner trägt eine Drahtbrille, wie ihr Sohn.

Das sieht urig aus. Aber besonders mag er, wie sie ihn, den Kopf zum Fenster gerichtet, an den Brillengläsern vorbei anlinst. Das wirkt witzig. Auch geheimnisvoll. Und schön.

Ist Ingrid Meisner ein neugieriger Mensch?

«Sydney. Oder David oder wie Sie heißen. Ich finde es ganz nett, dass Sie uns dreihundert Euro pro Nacht zahlen. Und das mit den Fairtablets. Wird uns nichts nützen. Nein, wird uns gar nichts nützen. Aber trotzdem danke. Sie können jetzt runtergehen und Unkraut rupfen, falls Sie das wünschen.»

«Wie meinen Sie das?»

«Sie sind doch so ein Geschäftsmann mit Sinnkrise. So hab ich das jetzt verstanden. Die wollen doch dann Unkraut rupfen. Oder mal einen Bewohner duschen. Fragen Sie bitte Ramafelene? Wenn Sie einen Bewohner duschen wollen?»

«Ich möchte nicht unbedingt jemanden duschen. Obwohl. Wäre das etwas Schlechtes?»

«Nein. Nur sollten Sie dann eben … jemanden duschen. Nicht hier bei mir rumstehen.»

«Sehen Sie, Frau Meisner, für mich ist der Sonnenhof ein toller Ort! Das will ich Ihnen nur sagen. Vielleicht ist der Sonnenhof sogar ein *power place*. So nennt das der Autor A. J. Pitter. Der leider recht unbekannt geblieben ist.»

«Was ist das für ein Quark?»

«*Power places* sind Orte, an denen sich allgemeine Entwicklungen verdichten. Das Silicon Valley ist so ein Ort. Athen war einer. Im vierten Jahrhundert. Oder Aquileia.

Oder Konstantinopel. Auch Asgardia, die Weltraumstation, die bald zum ersten globalen Staatengebilde erklärt werden soll, wird einer werden, nehme ich an.»

«Weiß ich nichts von. Silicon Valley. Stößt mich eher ab.»

«Wieso? Können Sie das näher begründen? Kennen Sie die Bill-und-Melinda-Gates-Foundation?»

«Lassen Sie bitte meine Bücher im Schrank.»

Er ist wirklich zu forsch, stellt er fest – blättert einfach in ihren Büchern herum. Wahrscheinlich macht es ihn nervöser, als er angenommen hat, dass er Ramafelene noch nicht überzeugen konnte.

Er dreht sich zu ihr. Ingrid Meisner hat sich, so viel ist klar, in einer Opferhaltung verfranst. Das ist typisch altlinks, typisch europäisch, typisch deutsch. Seufzend nimmt sie das Foto vom Nachttisch und hält es ihm hin, dabei hat er ja gerade *nicht* danach gefragt. Sie will mit ihm reden. Aber sie gibt vor, es nicht zu wollen.

«Frau Meisner, ich … warum schließen Sie die Augen?»

«Ich sitze gerne auf meinem Bett und schließe die Augen.»

Auf dem Foto ist eine Gruppe zu sehen, die wie eine Fußballmannschaft posiert. *Sonnenhof 83* steht darunter. Einer hält eine Piratenfahne hoch. Die in der hinteren Reihe sind im Moment des Knipsens hochgesprungen und hängen nun als schwarzweiße Figürchen in der Luft. Ingrid Meisner kniet vorne. Ihr Gesicht sieht ähnlich aus wie heute, ausdruckslos; ihre Haare sind lang und schwarz. Bei ihr steht ein dunkelhäutiger Mann in einem

Kapitänsjackett. Russenmütze auf dem Kopf. Baby im Arm.

«Der kleine Ramafelene?»

«Ja.»

«Und der Mann, der ihn hält, ist Ramafelenes Vater?»

«Sieht ganz so aus.»

«Der Sie verlassen hat?»

«Ach Gott. Weiß ich nicht. Warum? Sie haben wirklich einen Hang zum Theatralischen.»

«Die anderen haben Sie auch verlassen. Ihre Freunde. Und das hat Sie zu dieser verbitterten Person gemacht, die sie zu sein vorgeben. Habe ich das richtig verstanden?»

Obacht, Obacht, Obacht. Andererseits – vielleicht trügt ihn sein Instinkt auch gar nicht? Vielleicht ist eine Prise Provokation vonnöten?

Sie nimmt ihre Drahtbrille ab und reibt sich mit dem Gelenk der Hand, in der sie die Brille hält, die Augen. Ihr müder Blick sucht seinen. Sie setzt die Brille wieder auf, und als sie seinen Blick findet, werden ihre Augen hinter den Gläsern sorgenvoll groß. Als sähe sie etwas, das sie gleichzeitig sucht und fürchtet. Oder interpretiert er zu viel in sie hinein?

«Frau Meisner. Ihr Sohn meint ja, man müsse Sie vorsichtig behandeln. Aber Küwi sagt, das sei nicht so. Sie seien durchaus stark und Sie hätten manchmal einen tollen, trockenen Humor.»

«Ach?»

«Ja. Und dass Sie schwierig seien. Positiv.»

«Ich bin positiv schwierig. Und mein Sohn meint, man

müsse mich vorsichtig behandeln. Was sagen sie denn noch so, Küwi und mein Sohn?»

«Dass Sie den Sonnenhof aufgegeben haben, dass Sie nicht glauben, dass es finanziell noch mal aufwärtsgehen wird. Aber manchmal passieren ja Dinge, die man gar nicht zu hoffen wagt.»

Sie schickt ihm wieder den Blick, seitlich an den Brillengläsern vorbei, und stopft sich eine Zigarette. Der Filter quietscht, als sie sie anmacht und kräftig zieht. Die eintretende Stille lastet auf *ihm*. Das ist interessant, dass sie diese Technik, wahrscheinlich unbewusst, beherrscht.

«Wissen Sie, für Verbitterung bin ich zufälligerweise Spezialist. Ich war selbst jahrelang sehr verbittert. Aber dann war ich als *Pick-up-Artist* unterwegs.»

«Was ist das jetzt wieder?»

«Normalerweise geht es darum, auf der Straße Frauen anzusprechen. Und sie ins Bett zu kriegen. Aber bei mir nicht, ich habe allgemein Menschen angesprochen, *Wake-up-Artist* habe ich das später für mich genannt. Ich habe versucht, Passanten zu Handlungen zu ermuntern, die unserer Alltagslogik widersprechen.»

«Zum Beispiel?»

«Fremden Menschen in der Fußgängerzone ein Kompliment zu machen. So doof das klingt. Oder einem Fremden etwas zu schenken. Handlungen, die das Selbstgefühl erweitern. Viele Menschen empfinden ja ihr Leben als ein In-sich-selbst-eingeschlossen-Sein. Sie empfinden das Leben als einen Glastunnel, durch den sie laufen. Aber da kann man raus.»

«Ach?»

«Ja. Da gab es einen Moment, da stand ich in der Fußgängerzone in Düsseldorf, und die Sonne kam raus, und ich hab geatmet und mich so frei gefühlt wie noch nie, richtig wach und klar. Ich habe gemerkt: Jetzt ist jetzt. Hier ist die Welt. Diese Menschen sind ansprechbar. Sie sind erreichbar! Obwohl es natürlich erst mal peinlich war, sie anzusprechen.»

«Freut mich für Sie. Wenn Sie trotzdem ein gutes Feeling hatten.»

«Ja! Durch diese Tätigkeit bin ich letztlich zum Seapu–»

«Aber wie Sie es auch drehen und wenden, müssen wir doch feststellen, dass Sie jetzt wieder verbittert sind. Weshalb sonst haben Sie Ihr altes Leben verlassen und sind zu uns gekommen?»

«Frau Meisner! Weil ich mit Ihnen über Eigenverantwortung sprechen möchte.»

«Eigenverantwortung. Sind Sie von der FDP?»

Jetzt hat er alle Zurückhaltung fahrenlassen. Jetzt steht er so nah an ihrem Bett, dass sie den Eindruck bekommen muss, er wolle sie packen und schütteln. Sie rückt schon weg, sie kann ja nicht ahnen, dass das *seine* Art ist, Unsicherheit zu überspielen. Darauf muss er achten, er hat sich fest vorgenommen, den Leuten nicht mehr so auf den Körper zu sprechen.

Er tritt zurück, er öffnet das Fenster und atmet durch, lässt frischen Sauerstoff in die Zellen strömen. Die Nachmittagsstille des Sonnenhofs atmet ihm entgegen. Es ist eine viel offenere, freiere Stille als die in seinem Büro. Es riecht würzig nach Kräutern, und die Menschen hier – es macht unglaublich viel Freude, sie anzuschauen: Ludwig steht neben der Vogelscheuche, hält sich mit einer Hand an ihr fest, in der anderen hält er einen Schlauch, aus dem Wasser spritzt. Hauchzarte Regenbögen entstehen in der Luft. Wendy, drüben bei den Beeten, nagelt Latten an das Holzgerüst, an dem Tomatenranken wachsen sollen. Neben ihr steht der zurückhaltende Dürre, redet irgendwas und hält die Schachtel mit den Nägeln.

Bibi lehnt unten am Torbogen mit dem Foodora-Jungen. Es ist wieder der mit der Augenklappe. David sieht, dass er Bibi etwas überreicht: mit Alufolie umwickelte Päckchen, wenn er das richtig erkennt.

Schnitzel.

Ramafelene hat tatsächlich, nur damit er nicht mit Bibi kocht, Fleisch bestellt?

Aber das ist okay.

Reibung innerhalb der Gruppe. Reibung kann etwas Produktives sein, wenn sich Ramafelene nur endlich einen Ruck geben würde – sodass es auch eine Gruppe wird.

Ingrid Meisner guckt geradeaus. Sie greift sich mit Daumen und Zeigefinger an die Nasenwurzel, wie ihr Sohn. Schwieriger Fall. David wird sie mit in die Fußgängerzone nehmen müssen. Am besten noch heute.

All in.

Ramafelene

Der letzte Rest Orange verschwimmt im Wasser des Braunsees. Die Dämmerung ist vom Summen träger Spätsommerbienen erfüllt. Bibi sitzt im Schneidersitz auf der Picknickdecke und steckt sich die letzten Pommes in den Mund. Ramafelene ist froh über die Idee mit den Jägerschnitzeln. Er ist froh, sich mit ihr ans Ufer zurückgezogen zu haben, um abseits von den anderen zu überlegen, wie es weitergeht. Der Tinnitus wird weicher, wenn sie so nah beieinandersitzen; die Erschöpfung der letzten Tage wandelt sich in wohlige Müdigkeit um. Mit einer Geste deutet Bibi an, dass sie sich jetzt erst mal dem Nachtisch zuwenden sollten.

Es handelt sich um Brennnesseltee aus der Thermoskanne, in dem sich außerdem die Hälfte einer Kelchwurz befindet. Die haben sie vorhin am Ufer gefunden, eine hübsche, violette Pflanze mit blauen Fruchtblättern. Normalerweise trinkt Ramafelene nur an Sonnenwend ein klein wenig Kelchwurzsaft, mit Küwi, es ist eine heidnische Tradition, die sie eingeführt haben, als Ramafelene sich mal eine Zeitlang für die Germanen interessierte.

Aber Bibi wollte unbedingt probieren. Und so stark wirkt das Zeug ja nicht. Er hofft, ihr damit eine Freude zu machen, wenn er schon auf die Tunesienpläne nicht so bedingungslos eingehen kann, wie sie sich das wünscht. Er sieht noch Schwierigkeiten. Auch wegen der Passkontrolle. Er kann sie ja nicht einfach entführen, oder doch?

Sie trinken den bitteren Tee. Sie rauchen. Wenn Ramafelene das richtig versteht, sind sie sich auf jeden Fall schon mal einig, dass sie Davids Pläne für sich nutzen wollen. Sie beide sind die, um die es geht. Bibi sagt, er habe wirklich gar keinen Grund, eifersüchtig zu sein. Zum einen sei David ihres Erachtens schwul, zum anderen habe sie, seit die Idee mit dem Geld im Raum steht, wirklich nur noch an eins gedacht: mit Ramafelene verreisen! Sie stelle sich das phantastisch vor.

«Ich hab uns auch schon ein schönes Städtchen rausgesucht, Mahdia. Schau mal!»

Sie holt ihr Fairtablet raus. Er bedeutet ihr: Später. Es war so viel in den letzten Tagen, er muss jetzt erst mal einen Moment verschnaufen.

Eine Mücke fliegt ihm ins Ohr.

Der Tee sitzt warm im Magen.

Und sie: Es sei toll, dass er seine Gitarre mitgenommen hat. Ob er ihr was beibringen könne? Das wünsche sie sich schon die ganze Zeit.

Natürlich macht er das sehr gerne. Er zeigt ihr das A und das E, und sie zupft zaghaft herum, und weil sie leise spielt, klingt es hübsch. Was sie redet, klingt zunehmend wie ein Lied über den Klängen, es ist ein Lied, das von Tunesien handelt, und dem er gerne lauscht – sie singt es, als wollte sie einfach mal phantasieren. Manchmal setzt er ihre Finger neu auf die Saiten, weil sich die A's und

E's mit der Zeit verformen. Manchmal hält er ihre Finger länger als nötig. Am Ende setzt er sich hinter sie, und sie rückt an ihn ran. Alles andere ist Quatsch. Nur so kann er ihr das Gitarrespielen vernünftig beibringen.

Ingrid

Ingrid sitzt im Taxi und fragt sich, warum sie bloß eingestiegen ist. David redet. Sie spürt ihn als Nerv-Feld neben sich. Ansehen mag sie ihn nicht mehr, denn immer wenn sie es tut, zuckt er zusammen. Er wirkt dann plötzlich sehr schüchtern und beginnt zu haspeln, und das verwirrt sie noch mehr. Er ist zerbrechlich *und* offensiv. Das ist eine anstrengende Mischung.

Die Lichter der Autos streifen über seine gestikulierenden Hände. Er tupft sich mit einem Taschentuch die Schläfe ab; die wurmförmige Ader, die dort sitzt, berührt Ingrid sonderbar, als sie ihn aus Versehen doch ansieht.

Der Taxifahrer guckt hin und wieder verwundert in den Rückspiegel.

«Wissen Sie, Frau Meisner, ich stelle mir einfach vor, dass der Sonnenhof wieder in die Gänge kommt. Ich hatte gleich so ein gutes Gefühl auf Ihrem Gelände, schon damals mit meiner Mutter. Ich stelle mir vor, dass wieder Gäste ins Ladencafé kommen, Gäste, die für Kaffee und Kuchen bezahlen und sich an Diskussionen, Arbeitskreisen und Aktivitäten beteiligen. Ich stelle mir einen Thinktank vor. Open Space. Open Source. Es gibt da so ein paar Themen, die dringend breiter diskutiert werden müssten. Brauchen wir ein weltweites, bedingungsloses Grundeinkommen? Brauchen wir den Terradollar? Kann die Wachstumsdämmerung eine Chance sein? Ist es möglich, eine globale Identität zu entwickeln, oder müssen wir vorher von Außerirdischen angegriffen werden?»

«Sie sollten lieber zusehen, dass Sie sich selber wieder hinkriegen, Mann. Es geht Ihnen nicht gut. Das sieht doch ein Blinder mit Krückstock. Sie suchen Zuflucht bei Leuten wie uns. Sie entführen eine alte Frau, die sich nicht wehren kann. Gehts noch?»

«Wie bitte?! Ich fühle mich bestens! Ich entführe Sie auch nicht, ich möchte nur versuchen, Ihnen ein Lächeln auf die Lippen zu zaubern.»

«Ich lächle nicht. Ich bin in einem Alter, in dem Lächeln nicht mehr nötig ist. Ich bin *post*-Lächeln und *post*-Traurigsein. Ich akzeptiere mein kleines Existenzchen, so wie es ist.»

«Existenzchen. Das haben Sie hübsch gesagt.»

Am Gerhart-Hauptmann-Platz lässt David das Taxi halten. Dem Fahrer gibt er übertrieben viel Trinkgeld und verabschiedet ihn mit überschwänglichen Wünschen.

Hier sind sie also. Latschen die Mönckebergstraße runter. Die Glasfassaden der geschlossenen Kaufhäuser glimmen kühl. Eine Bierflasche rollt Ingrid vor die Füße. Ein Junggesellenabschied lärmt vorbei. Es ist nicht gerade ein anregendes Setting. Aber wenn sie ehrlich ist, ist es doch ein kleines bisschen anregend. Einfach weil sie bestimmt zehn Jahre nicht in der Innenstadt war.

David stellt den Kragen seines Trenchcoats auf, den er

angezogen hat, obwohl es warm ist. Auf dem Kopf trägt er Küwis Ersatzwollmütze, wodurch er unsinnig verkleidet aussieht. Er reibt sich die Hände und sieht sich nach und links und rechts um wie einer, der pantomimisch ausdrücken will, dass er einen Streich vorhat. Dann zieht er ein Sektglas und eine Kuchengabel aus den Manteltaschen. Mit dem Ende der Kuchengabel schlägt er an das Glas, als wolle er eine Rede halten.

«Das habe ich mir von einem Straßenclown an der Waterfront abgeguckt. Häufig bleiben die Leute stehen, wenn sie das Geräusch hören. Sie reagieren automatisch darauf.»

«Jetzt nicht.»

«Schauen wir doch mal. Nicht so ungeduldig. HALLO! WOLLT IHR DIESER JUNGEN DAME EIN LÄCHELN AUF DIE LIPPEN ZAUBERN?»

Ein junges Pärchen bleibt stehen. Das Mädchen zieht an einer elektronischen Zigarette; der Junge flüstert und will anscheinend gleich weiter.

Ingrid nickt ihnen zu und macht eine Bewegung mit der Hand: Ja, geht weiter, achtet nicht auf diesen Typen.

Aber David hat sich ihnen schon in den Weg gestellt.

«Ich habe hier hundert Euro, ihr beiden. Wir machen ein Geschäft. Ihr versucht, dieser jungen Dame ein Lächeln auf die Lippen zu zaubern, und wenn ihr es schafft, gebe ich die hundert Euro an diesen Obdachlosen da vorne. Deal?»

«Versteh ich jetzt nicht.»

«Zu verlieren habt ihr nichts. Und der Obdachlose würde sich freuen.»

«Ist das eine Werbeaktion oder so?»

«Es ist einfach nur ein Spaß. Ihr würdet gleich mehreren Menschen eine Freude machen!»

Das Mädchen überlegt und mustert David. Der Junge mustert Ingrid, die sich schnell zur Seite dreht. Sie betrachtet den Obdachlosen, der einen Hund neben sich hat und pennt. Seine Schuhe stehen fein säuberlich neben der Isomatte. Der Hund gähnt und schüttelt den Kopf. Recht hat er.

«Geht es der Frau denn nicht gut? Oder warum soll sie lächeln?»

«Was denkt ihr denn? Welchen Eindruck macht sie auf euch?»

«Sie schaut aus, als wär sie sauer. Supersauer. Oder? Was denkst du, Bo?»

«Sie sieht superdeprimiert aus. Ist das eine Wette?»

«Richtig, ihr beiden! Es ist eine Wette! Wir fragen uns, ob ihr sie zum Lächeln bringen könnt. Ihr seht nämlich sehr humorvoll aus. Deshalb dacht ich mir: Die sprech ich an!»

Fremdschamschauer laufen Ingrid über den Rücken. Sie steckt sich ihre Zigarette so hastig in den Mund, dass sie abknickt. Die anderen Passanten kommen ihr unwirklich vor. Deprimierender als vor zehn Jahren. Ein Cowboy geht vorbei und hat Mayonnaise im Bart. Ein alt wirkender Jugendlicher mit gelbem Haar fährt auf einem Segway vorbei. Sie weiß nicht, ob sie deprimiert guckt, aber angebracht wärs.

Als sie sich umdreht, schneidet ihr das Mädchen eine Grimasse.

«Mach du auch mal, Bo. Mach den Totenkopf-Move!»

David schlägt an sein Sektglas, als sei das jetzt passend. Dann drückt er sein Kinn auf die Brust und zieht die Augenbrauen so ulkend-abwartend hoch. Der Junge sieht seine Freundin an, zuckt mit den Schultern und fängt an, sich die Finger in die Nase und den Mund zu stecken.

Ingrid protestiert. Sie scheint hier die Rolle des bockigen Kindes abbekommen zu haben, das man belustigen muss.

Der Junge hat die meisten seiner Finger im Gesicht und zieht es auseinander: Bäääh. Dann muss er lachen. Das Mädchen lacht auch.

«Noch mal, Bo! Kennen Sie den schon? Kommt ein Elefant in den Brotladen …»

Meine Güte. Das Mädchen redet irgendeinen Witz zusammen. Die beiden anderen schauen gespannt, warten auf ihre Reaktion. Ingrid dreht sich zu dem Hund, der zu ihr getrippelt kommt. Er riecht an ihrer Hose. Daraufhin finden der Junge und das Mädchen alles noch witziger. Und David lacht auch. Erniedrigend.

«… und dann sagt der Elefant: Nein, ich hab doch meine Badekappe auf!»

Dieser Unsinn muss ein Ende haben. Ingrid zieht lange und deutlich die Mundwinkel hoch: Hier, bitte schön, ein echtes Lächeln ist es nicht, aber es reicht mir jetzt, das hält ja kein Schwein mehr aus.

Zum Glück scheint es David zu genügen. Er geht zu dem Obdachlosen und drückt ihm den Hundert-Euro-Schein in die Hand.

Der Obdachlose, gerade erwacht, betrachtet den Schein. Das Pärchen verschwindet johlend die Straße hinunter.

David sieht Ingrid an. Ingrid sieht zurück.

Ramafelene

Bibi argumentiert mit einem Muttermal. Sie trägt einen knallgelben Bikini, ist gerade aus dem Braunsee gekommen und zeigt, noch tropfnass, mit dem Zeigefinger auf die Innenseite ihres Oberschenkels. Das habe sie noch vergessen, das habe sie ihm zeigen wollen: Dieses Muttermal habe lustigerweise die Umrisse Tunesiens!

Sie setzt sich, nein, sie gleitet ins Kerzenlicht zu Ramafelene, sie gleitet in den Schneidersitz, atmet nah vor ihm, und zeigt wieder mit dem Zeigefinger drauf: Hier. Umrisse Tunesiens. Schicksal.

Ramafalene sieht sich gezwungen, auf ihre knallgelbe Bikinihose zu starren. Er kann das Volumen ihres Schamhaars darunter erahnen. Dann wird alles grün, und die Erde bewegt sich unter ihm.

«Alles in Ordnung mit dir?»

Ramafelene weiß es nicht genau. Er denkt: Ja, Tunesien, Mahdia, und dann ist er wieder weg. Sein Körper ist kelchwurzweich, so stark war die Wirkung noch nie. Es muss der Schlafmangel sein. Er traut sich nicht, die Augen aufzumachen, als er wieder bei Sinnen ist, aber es scheint so zu sein, dass er mit dem Hinterkopf in Bibis Schoß zum Liegen gekommen ist. Er liegt sozusagen mit dem Hinterkopf auf Tunesien drauf. Und die Luft ist plötzlich zuckrig. Es geht ihm gut. Er ist vollkommen durcheinander. Aber es geht ihm gut.

«Ist dir schlecht? Brauchst du Wasser?»

Er braucht kein Wasser. Er muss nur ganz still so liegen bleiben. Ein Pappelzweig bewegt sich im schwarzen Himmel. Das Gesicht des Vollmonds guckt seitlich nach oben, als wollte es einen Kuss zu einem der unsichtbaren Sterne senden.

Seine Verbindung zu Bibi, die tiefe Empathie ist etwas Einzigartiges, das kann er jetzt deutlich spüren. Er spürt den langsamer werdenden Rhythmus ihres Atems, als wäre es sein eigener. Er spürt, wie sich ihre Muskeln entspannen; er spürt die Gänsehaut auf ihren Beinen, als ein kirschsüßer Wind vom Wasser kommt.

Mit seinem nackten Fuß tappt er aus Versehen auf die Gitarre. Ein wunderschöner Klang erklingt. Ein Akkord, den es nicht gibt.

Bibi spricht. Von einem Land, das ein besonderes sei. Es sei dort eine Revolution geglückt. Es herrsche dort genau die Aufbruchsstimmung, die sich David für Deutschland und den Rest der Welt wünsche.

«Nicht David! Sprich nicht von David! Wenn es geht.»

Nein, sagt Bibi. Es sei ein Land, das rein gar nichts mit David zu tun habe. Es sei ein Land, in dem sie acht Monate lang glücklich sein könnten. Ganz einfach.

Sie nimmt von oben seine Hände. Sie halten sich an den Händen, als seien sie im Begriff, eine akrobatische Nummer zu üben. Sie beugt ihr Gesicht zu ihm runter. Er küsst sie schief auf den Mund. Noch ein unbekannter Akkord erklingt. Und noch einer. Und noch einer.

Er sagt zu.

Tunesien ist der einzige Ort auf diesem Planeten, in dem man glücklich werden kann. Das ist klar.

Ingrid

In einem Chinarestaurant war Ingrid bestimmt schon fünfzehn Jahre nicht mehr. Na ja, Restaurant, es ist eher ein Imbiss, in den David sie da geführt hat, über den Gleisen im Hamburger Hauptbahnhof. Er hat gesagt, sie könnten noch nicht nach Hause, sonst sei der Ausflug kein richtiger Ausflug.

Hinter David steht ein grünlich schimmerndes Aquarium. Lingling-Musik ist zu hören, unterbrochen von wüst-unverständlichen Bahnhofsdurchsagen. Das Kunstblümchen im Pöttchen vor Ingrid ist nur noch ein Stängelchen Draht. Ein Mensch, der kein Asiate ist, bringt David eine Suppe.

Im Löffeln eröffnet David die nächste Runde: Ingrid habe eine interessante Art, seitlich an ihrer Brille vorbeizuschauen. Das Lächeln vorhin, das sei nicht schön gewesen, kein echtes Lächeln, aber diese Blicke von ihr, seitlich an den Brillengläsern vorbei, seien richtig, richtig hübsch.

Eine Durchsage dröhnt.

Ingrid zerbricht aus Versehen den Kunstblumenstiel. Ihr fällt auf, dass David Lachfalten hat. Seinen Optimismus kann sie ihm nicht unumwunden abkaufen, aber Lachfalten hat er – wiewohl es auch Menschen geben mag, die trotz Lachfalten zu den unglücklichsten dieses Planeten gehören. Sie erwidert sein Kompliment nicht.

Als Davids Gemüse mit Reis kommt, friert Ingrid bereits, Zugwinde wehen von den Gleisen her in das offene Imbiss-Restaurant. Sie knöpft ihre Strickjacke zu und schlingt die Arme um den Körper. Als David noch mal fragt, ob sie bestimmt nichts essen wolle, schüttelt sie den Kopf, nein, auf keinen Fall, sie habe ja vorhin ein gutes Jägerschnitzel gehabt.

Ah ja, sagt er.

Und sie, weil es ansonsten leer ist im Imbiss-Restaurant und weil das Schweigen in der Leere zu groß wird: Fast habe sie vergessen, dass sie in einer Großstadt lebe. Fast habe sie auch vergessen, dass sie Großstädte nicht möge. Es sei damals eine bewusste Entscheidung gewesen, sich in dieser gottverlassenen Ecke von Osdorf niederzulassen, die eher nach gar nichts, als nach Hamburg aussehe. Ein anderer Grund war, dass sie das Grundstück billig bekommen konnten.

Er sagt: Weiter.

Sie sagt: Was?

Sie solle weiter erzählen. Sie solle sich nicht so verstockt geben, sondern mal mehr von früher verraten, einen kleinen Schwank raushauen, während er sein Chop-Suey esse. Das würde er sich wünschen.

Sie überlegt.

Ihr fällt die Geschichte von Herrn Mühlenberg ein. Tatsächlich hat sie Lust, sie zu erzählen.

Er sagt: Und bitte!

Also gut.

«Alle halbe Jahr kam Herr Mühlenberg von ‹Aktion Mensch› auf den Sonnenhof, um das Kontrollgespräch zu führen. Das war in der Anfangszeit, als es noch mehr Fördergelder gab. Und weil wir damals wie die Verrückten Marcuse und Foucault gelesen haben und weil wir noch sehr übermütig waren, haben wir uns ein Spiel für ihn ausgedacht. Wir taten, als wären die Nichtbehinderten von uns behindert und die behinderten Bewohner die Betreuer. So haben wir ihn empfangen. Mit verkehrten Rollen. Um die Machtverhältnisse umzudrehen und so. Verstehen Sie?»

Er versteht.

«Herr Mühlenberg hat sich also zum Beispiel von der schick herausgeputzten Wendy zulabern lassen. Sie war sehr gut darin, weil sie richtig Spaß dran hatte. Und wir Betreuer saßen im Rollstuhl oder haben getan, als wären wir gehörlos oder blind. Hinterher haben wir uns dann zusammen totgelacht. Und weil wir zu der Zeit noch so gut funktioniert haben als Gruppe, hat es auch mit umgekehrten Rollen geklappt. Der gute Herr Mühlenberg hat uns immer die Förderungen bewilligt. Ja. Und das wars. Das war die Anekdote.»

Er lacht. Zwischen seinen Stäbchen klemmt ein Brocciröschen, das er schon seit geraumer Zeit nicht zum Mund führt, weil er der Anekdote anscheinend so gebannt gelauscht hat.

Dieses Gefühl, eine okaye Anekdote erzählt zu haben, findet Ingrid auch irgendwie okay.

«Die Geschichte hat noch eine Pointe. Jahre später habe ich mich nämlich erinnert, wie der gute Mühlenberg sich einmal im Weggehen so umgedreht und den Kopf geschüttelt hat. Und da hab ich plötzlich das Gefühl bekommen, dass er uns vielleicht die ganze Zeit durchschaut und uns das Geld trotzdem bewilligt hat: Weil er uns gut fand und einverstanden war mit dem Sonnenhof. Im Nachhinein bin ich mir sogar sicher. Ja. Und das wars. Das war die Pointe.»

Auch diese Pointe findet David anscheinend phantastisch. Er nimmt Küwis Wollmütze ab und legt sie feierlich neben seinen leeren Teller, als sei gerade etwas ausgesprochen worden, auf das er lange gehofft hat.

Dies, diese Anekdote, passe zu dem, was Küwi erzählt habe. Früher müsse Ingrid sehr anders gewesen sein, eine Frau mit Ideen und Visionen.

Sie putzt ihre Brille und fühlt sich plötzlich wieder schlaff. Sie schämt sich, die Anekdote so beschwingt erzählt zu haben. Es kommt ihr vor, als wende er gewisse Tricks an, psychologische, um die Leute zu öffnen. Immerhin schreibt er neoliberale Psychologie-Ratgeber. Das hat sie auf Amazon gesehen.

Der Nicht-Asiate bringt eingelegte Früchtchen im Glasschälchen.

Die scheinen David nicht zu gefallen. Er schiebt sie zur Seite.

Ingrid nimmt sie sich. Sie erklärt ihm, dass es keinen Sinn hat, ein superemotionales Gespräch aus ihr herauskitzeln zu wollen. Schließlich lässt sich im Leben nicht alles zum Guten hindiskutieren. Manche Scheiße muss man einfach akzeptieren. Anstatt theatralisch, psychologisch oder visionär zu werden.

«Wirklich, David. Fragen Sie mal meinen Sohn, wie das ist, wenn man Menschen mit Visionen als Eltern hat. Er muss das schon sein Leben lang ausbaden. Und wo steht er jetzt? Mit Mitte dreißig hängt er immer noch auf einem baufälligen Gelände herum. Aber die Visionäre sind weg. Und die Übriggebliebenen hat er an der Backe.»

«Sie sind doch auch noch da!»

«Ich bin ihm keine Hilfe. Ich hänge immer nur im Haus rum und poste meine pessimistischen Aphorismen auf Facebook. Das ist der Beitrag, den ich noch zu leisten imstande bin.»

«Da haben wir es. Das hatte Küwi auch angedeutet. Sie posten. Genau wie ich. Sie sind Lyrikerin!»

«Es sind Aphorismen. Negative Sprüche, wenn ich schlechte Laune habe.»

«Kunst ist letztlich immer optimistisch. Da bin ich mir sicher.»

Eine zerrupfte Taube hat sich in den Eingangsbereich verirrt. Der Nicht-Asiate scheucht sie mit einem Besen weg. Dass David nicht einsieht, dass das Leben ihres Sohnes ein trauriges ist, geht Ingrid wirklich auf den Sack.

«Mein Sohn ist ein zwanghafter und verschrobener Mensch geworden, weil er zu viel Verantwortung trägt, so lange schon. Er faltet Milchtüten auf die Größe eines Fünf-Euro-Scheins zusammen. Er sammelt Rabattmarken. Er benutzt Teebeutel bis zu fünf Mal! Und verliebt sich aus lauter Hilflosigkeit in ein Teeniemädchen, falls Ihnen das nicht aufgefallen ist. Er hat ein unterdrücktes Triebleben, weil ihm seine Eltern die Träume gestohlen haben. Sehen Sie das, bitte!»

«Frau Meisner. Oder Ingrid. Wenn ich Sie so nennen darf? Ich kenne Ihren Sohn noch nicht lange, aber ich empfinde ihn als gutmütig und entschlossen. Und das mit Bibi würde ich auch nicht negativ bewerten. Könnte doch echte Zuneigung sein. Sie ist sehr einnehmend, wenn auch sicher etwas verloren.»

«Dunkle Inge. Wenn Sie mich bitte nicht Ingrid, sondern Dunkle Inge nennen würden. So haben sie mich früher genannt. Ich war nämlich schon immer so, wie ich bin. Und jetzt möchte ich nach Hause.»

Sie winkt den Nicht-Asiaten heran.

David schaut zu Boden und klopft einmal mit der flachen Hand auf den Tisch, als ärgere er sich und müsse sich sammeln, um noch etwas zu sagen. Sagt dann aber nichts und zahlt.

Dieser Punkt, findet Ingrid, ging an sie.

Sydney Seapunk

Der letzte Punkt ist eindeutig an ihn gegangen. Findet David van Geelen. Ingrid sitzt erkennbar selbstkritisch neben ihm im Taxi, schließlich hat sie gerade eingeräumt, dass ihr die Rolle, die sie ihrem Sohn gegenüber einnimmt, nicht gefällt. Sichtlich aufgewühlt kratzt sie sich die Unterarme.

An der Sternschanze, vor der Roten Flora, bedeutet David dem Fahrer zu halten. Ingrid protestiert. Aber jetzt ist er so in Schwung, dass er ihr noch etwas zeigen muss. Und zwar: wo er sich früher rumgetrieben hat, auf dem Hof, um dort Riesenseifenblasen zu machen. Er hat Gleichgesinnte gesucht, aber nie gefunden. Das müsste sie vielleicht verstehen können?

Ingrid Meisner steigt missmutig aus. Die Flora kenne sie, die sei nun wirklich nicht spannend. Aber das will er ihr ja gerade zeigen! Die Rückwärtsgewandtheit, die von Orten wie diesem ausgeht. Der müde Antikapitalismus, der schon lange kein Potenzial mehr in sich birgt. Die Notwendigkeit einer neuartigen, bejahenden, spielerisch-futuristischen Bewegung. Einer Bewegung, die sagt: Wir lieben die Freiheit! Und die Welt!

«Sehen Sie sich nur diese miesepetrigen Parolen an der Wand an: *Lasst euch nicht BRDigen!* Wen soll das denn interessieren? Es müsste vielmehr heißen: *Wir sind glücklicherweise in der BRD geboren, wir können unheimlich viel tun!* Verstehen Sie?»

«Bitte schön. Aber warum zeigen Sie mir schlechte Parolen?»

«Weil ich mit Ihnen diskutieren will! Denken Sie nicht auch, dass da etwas Neues kommen muss? Ich hätte auch schon einen Namen. Ich stelle mir vor, dass man es Seapu–»

«Ich will jetzt wirklich nach Hause.»

Sie hebt den Arm. Ein Taxi hält, und David fügt sich. Aber auf der Rückfahrt kann er es nicht lassen – er muss noch eine allerletzte Attacke fahren, bloß um sicherzugehen, dass sie etwas mitnimmt von dem Abend. Er wünscht sich von ihr, dass sie etwas in ihrem Leben ändert. Jawohl. Sie kann noch so angeödet gucken! Er schlägt ihr die Ändere-eine-Winzigkeit-in-deinem-Leben-Übung vor.

«Das geht so: Wenn Sie bisher morgens Kaffee getrunken haben, trinken Sie jetzt ein großes Glas Apfelsaft stattdessen. Oder Sie legen jeden Tag ein Puzzle. Oder Sie kaufen sich einen gelben Hut und tragen ihn. Denken Sie sich etwas aus. Scheinbare Winzigkeiten können manchmal große Veränderungen auslösen. Auch wenn es zunächst albern klingen mag!»

Noch ein Punkt für ihn.

Möglicherweise.

6

SEBASTIAN VAN GEELEN FÄHRT AN EINER POLIZEIWACHE VORBEI

Hamburg-Centrum, dieselbe Nacht

Sebastian

Sebastian van Geelen fährt ziellos herum. Noch immer kein Wort von den Entführern. An Schlaf ist nicht zu denken. Zu Hause wird er fast wahnsinnig. Bleibt nur: Herumfahren, mit dem Geld im Kofferraum.

Der Besuch an Mutters Grab gestern war so deprimierend, dass es ihm im Nachhinein wie eine Botschaft erscheint. In der Stille waren keine Anteilnahme, kein Gefühl des Zuspruchs, nein, es war, im Gegenteil, eine derartige KÄLTE darin, dass er es nur als Schuldzuweisung deuten kann.

Er haut auf die Hupe.

Ist David schon tot? Befindet er sich in diesem Moment angekettet in einem Keller?

Er ist so durcheinander, dass er zwischendurch meint, David im Taxi neben sich zu sehen, lächelnd, eine Wollmütze auf dem Kopf. Muss an der Übermüdung liegen. Ein Kind klebt an einer Scheibe und zeigt ihm den Mittelfinger. Er fährt an einer Polizeiwache vorbei. Es geht so nicht weiter. Er braucht irgendjemanden zum Reden.

7

ALL IN

Hamburg-Osdorf, der nächste Tag

Küwi

Man steht zu Hause am Fenster, schaut hinaus in die Nachmittagssonne und hat das Gefühl, Ameisen krabbeln einem durch die Adern. Musik von dem Künstler *Unicorn Kid* läuft auf dem Fairtablet, die ist schnell und macht einen zusätzlich nervös. David und Bibi sitzen auf dem Sofa und schauen sich die Skizze von der versteckten Haltebucht an der A 23 an, wo die Geldübergabe sein soll. Man ist voll dabei. Aber jetzt muss man kurz alleine hier stehen und rausschauen und durchatmen. Und nach Ramafelene Ausschau halten, der schon den ganzen Vormittag nicht zu sehen ist. Nur am Morgen hat man ihn von weitem gesehen. Da hatte er ein Bier in der Hand. Und hat gewunken. Als wäre er auf einem abfahrenden Schiff oder so.

Man atmet ruhig. So wie David es einem beigebracht hat. Man sagt sich: Wird schon alles gutgehen!

Ludwig und Wendy stehen am Brunnen und machen Riesenseifenblasen mit den Riesenseifenblasensachen, die David im Internet bestellt hat. Sie sehen wie unschuldige Kinder aus, weil sie nicht wissen, was heute Abend passieren wird. Wendy hält zwei Stöcke, zwischen denen eine Schlaufe ist, sie tunkt die Schlaufe in eine Schale voller Seifenlauge und geht rückwärts in den Wind. Ölig schimmernde Blasen steigen auf, und das sieht ziemlich toll aus. Die Blasen steigen höher und höher und glänzen in der Sonne. Ludwig zeigt mit dem Zeitlupenfinger darauf und macht, das kann man sehen, aufgeregt sein Klickklickklick.

Ingrid ist nirgends zu sehen. Heute Mittag kam sie kurz rüber und hatte aus irgendeinem Grund eine Glatze. Sie wollte zu David, aber man hat gesagt, er ist nicht da. Man wollte nicht, dass sie reinkommt, weil es ja hier drinnen ein bisschen durcheinander aussieht, wie es vielleicht aussieht, wenn man was Verbotenes macht, und man hat vorsichtshalber gesagt, man schraube am Metalldetektor, man könne jetzt nicht.

«Küwi, die ist toll, die Skizze. Niemand kennt sich hier in der Gegend so gut aus wie du!»

«Danke, Bibi. Das stimmt.»

Die geheime Haltebucht, die man ausgesucht hat, ist halb zugewachsen, und gleich daneben gibt es einen Hochstand für Jäger. Von dem Hochstand aus wird man mit David und Ramafelene alles perfekt beobachten können. Bibi wird sich weiter vorne an der A 23 hinstellen, um zu gucken, ob da Polizei am Kommen ist. Picobello.

Man nimmt das Nachtsichtgerät aus dem Regal. Das hatte man noch im Fundus. Man setzt es sich auf und sieht Bibi und David als blaue Flecken auf dem Sofa sitzen. David hebt den Daumen. Bibi hebt den kleinen Finger, was sie sich als speziellen Seapunk-Gruß ausgedacht hat, aber das war mehr so albern gemeint wie bei den Raumschiff-Enterprise-Menschen, die ja auch einen eigenen Gruß haben.

Man selber denkt: Uiuiuiuiui, bald geht es los! Aber es ist ein gutes Uiuiuiuiui, eines, bei dem man trotzdem konzentriert ist.

David steht auf. Er will schon mal zum Braunsee gehen. Dort trifft man sich in zwei Stunden mit Ramafelene. Es ist abgemacht, dass man die Aktion von woanders startet, damit Ingrid wirklich nichts mitbekommt. Der Braunsee ist sozusagen die Zentrale. Man wird nacheinander dahin aufbrechen. Ganz geheim.

«Bis später, Leute! Up the Seapunks!»

Man hebt gleichzeitig mit Bibi den kleinen Finger und muss lachen.

Sydney Seapunk

Auf seinem Weg zum Braunsee kommt David an einem tiefen Erdloch vorbei, in dem er den letzten verbliebenen Hahn des Sonnenhofs entdeckt. Die Sonne geht langsam unter, sodass er nicht viel sieht, aber anscheinend stirbt der Hahn da unten. David schaut auf sein Fairphone. Es ist noch viel Zeit. Ingrid würde es vielleicht nicht zugeben, aber sie wäre zutiefst traurig, wenn sie auch noch den letzten Hahn verliert. Also probiert er, ihn da rauszubekommen, er versucht, ihn mit einem langen Ast zu erreichen. Er legt sich auf den Boden, um das Tier irgendwie herauszugabeln, er schiebt den Ast unter den Hahn und löffelt und schiebt. Der Ast ist zu dünn. Es gibt hier auch keine dickeren Äste. Und die Flügel des Hahns regen sich nicht mehr, soweit er das sieht. Das Tier scheint mehr oder weniger tot zu sein.

Weiter.

Ingrid wird sich eine ganze Hühnerzucht zulegen können, wenn sie das Geld erst haben. Er stellt sich ihr Gesicht vor, wenn sie die zwei Millionen sieht. Vielleicht wird es noch eine kleine Feier geben, bevor er dann seinen Weg gehen wird, in den Knast.

Er erreicht den Braunsee. Er holt die vier Honigkerzen raus, die er mitgenommen hat. Er platziert sie auf den

Steinen am Ufer und zündet sie an, und dann überkommt ihn eine derartige Erleichterung, dass er sich hinsetzen muss, wie ein Kind auf den Boden. Frösche quaken. Nebelschwaden ziehen über das Wasser. Das Kerzenlicht erzeugt eine Atmosphäre konzentrierter Abgeschiedenheit. Sobald die anderen da sind, sobald man endlich komplett ist, wird es nicht mehr nur seine Geschichte sein, sondern ein Strang, an dem alle ziehen.

Dankbarkeit überkommt ihn, als er an Ramafelene denkt. Er wird sich bei ihm entschuldigen, für seine anfänglich überforsche Art. Er hätte ihn natürlich fragen sollen, bevor er den Bewohnern Fairtablets schenkt. Der Einzelne ist eben in seiner Perspektive oft so beschränkt. Jeder sieht die eigenen guten Absichten, aber nicht wie seine Taten auf andere wirken. Das Glastunnel-Phänomen. Man muss eine gemeinsame Perspektive entwickeln.

Er steht auf.

Er zündet eine der Honigkerzen, die ausgegangen ist, wieder an. Eine zweite geht aus, und dann geht sie, eine Sekunde später, von alleine wieder an. Wunderbar.

Vier Kerzen, vier Menschen, die hier den ersten Impuls setzen werden. Er hat sie so sehr ins Herz geschlossen, dass er heulen könnte bei dem Gedanken, sie schon bald wieder zu verlassen. Vielleicht sollte er diesen Teil des Plans noch mal überdenken?

Ingrid

Ingrid hat sich im Sülldorfer Moor verlaufen, auf der Suche nach David, der sich heute, ganz anders als sonst, zu verstecken scheint. Sie reibt sich über die frischrasierte Glatze. Das Gefühl ist so glatt und neu, dass sie die Hand gar nicht mehr vom Schädel nehmen will.

Sie stellt sich Davids Gesicht vor, wenn er die Glatze sieht. Er wird sich natürlich eine fröhliche Winzigkeit vorgestellt haben mit seiner Verändere-eine-Winzigkeit-Übung. Aber jetzt kommt sie mit der Frisur der absoluten Negativität! Sie muss in sich hineinkichern, so gut war die Idee.

Blutgierige Mücken sausen um ihren Schädel. Der erste Mondschein fließt bläulich an den Waldkiefern und Moorbirken runter.

Vor ihr liegt ein Trampelpfad, den sie wiedererkennt, sie muss also doch nicht im Moor versinken, da ist auch schon das Fieberkleefeld, da ist der Sonnenhof – der merkwürdig leer und still vor ihr liegt.

Über die Leiter klettert sie auf das Flachdach ihres Häuschens. Sie setzt sich an den Rand. Sie lässt die Füße herunterbaumeln und raucht Kette. Die Abendluft weht kühl um ihren kahlen Schädel. In Küwis Häuschen ist kein Licht. Nirgendwo ist Licht.

Als sie sich fröhlich auf die Glatze klatscht, hallt es im Gelände.

Eine Fledermaus flattert eckig unter dem Dach des Ladencafés hervor, wird noch kurz sichtbar vor dem Mond, verschwindet. Sie war schon lange nicht mehr lange genug wach, um Fledermäuse zu sehen, meist schluckt sie zum Sonnenuntergang ihr Remagil und pennt ein. Leise dringt das Brummen des elektrischen Rasierers an ihr Ohr. Den hat sie nach getaner Arbeit vom Dach in das Brennnesselfeld geschmissen. Erstaunlich ausdauernd, die Batterien. Der Rasierapparat ist noch von Jonathan. Sie wird ihn dort verrotten lassen. Falls diese Teile verrotten.

Wir müssen ins Nichts durchbrechen, David. Wir müssen ganz leer werden vor dem Tod. Das ist das Aufrichtigste, was Spinner wie wir beide erreichen können.

Interessant, wie die Gespräche im Kopf weitergehen, obwohl die betreffende Person gar nicht anwesend ist. Vielleicht hat sie zeit ihres Lebens zu viele Gespräche ohne ein Gegenüber geführt?

Sie bewegt ihre Zehen. Ihre Zehennägel sind gelblich und alt. Aber sie kommen ihr zugehöriger vor denn je. Es sind die Zehen einer Frau, die zu ihrer Ernüchterung steht. Die Zehen einer alten Frau, die ganz bei sich ist und bei Schopenhauer: Wahrer Frieden liegt nur in der absoluten Negativität.

Ernüchtert sein ist toll. Ernüchterte Menschen müssen gar nichts mehr machen, David. Weder auf Facebook nach alten Freunden suchen noch schlechte Aphorismen posten.

Es kommt ihr jetzt bescheuert vor, dass sie überhaupt

je gepostet hat. Man ruft ja auch nicht in den Wald und hofft, dass jemand Rettendes erscheint.

Ich habe mir dein Facebookprofil angesehen, David. Herzlichen Glückwunsch zu den Bildern und den hundertfünfzig Likes! Mich interessiert so was nicht mehr. Ich brauche die Likes, die ich nicht kriege, nicht!

Geistergespräche wird sie auch nicht mehr führen, nimmt sie sich vor. Nicht mit David, nicht mit Jonathan – auch nicht mit Ramafelene, der da drüben zwischen Küwis und Ludwigs Haus auftaucht wie ein Verbrecher. Zerzaust sieht er aus. Er hat sich einen Drei-Tage-Bart stehen lassen und trägt sein Kordhemd neuerdings oben offen. Womöglich bildet er sich ein, damit lockerer und jünger auszusehen? In der einen Hand hält er einen Stock, in der anderen eine Weinflasche. Dabei ist Alkohol eigentlich gar nicht sein Ding.

Ingrid muss an die Sankt-Martins-Züge früher denken. Wie der kleine Ramafelene mit seiner Laterne herumlief und Anschluss suchte. Sie bekommt einen ganz trockenen Hals – regelmäßig hat sie Asthmaanfälle bekommen, wenn sie ihren armen Sohn so sehen musste.

«RAMAFELENE. HUHU!»

Es dauert eine Weile, bis er sie entdeckt. Dann setzt er sofort sein typisches Ich-bin-besorgt-Gesicht auf. Trotz völliger Zerstrubbelung seinerseits. Er redet irgendwas, sie soll sofort runterkommen. Es habe keinen Sinn, von einem Drei-Meter-Dach zu springen. Sie verknicke sich bloß wieder den Knöchel.

«Aber ich will mich nicht umbringen. Ich sitze doch hier nur!»

Er fragt, ob sie sich tatsächlich eine Glatze rasiert habe. Ob sie nicht auch mal ohne Autoaggressionen auskomme?

Wie soll sie ihm das erklären?

«Manchmal brauchen Menschen Veränderung. Hat unser lieber Gast gesagt. Und ich habe mir diesen Witz erlaubt. Mit der Frisur der absoluten Negativität!»

Den Witz verstehe er nicht, sagt er. Dann redet er irgendwas Wirres von Bibi. Es wäre besser, wenn er sich nicht so viele Gedanken um das Mädchen machen würde. Es tut ihm nicht gut.

«Liebe ist immer traurig, Ramafelene. Fang lieber gar nicht erst damit an. Es geht auch nur um den Geschlechtstrieb. Das sollte man sich immer wieder ins Bewusstsein rufen.»

«Komm jetzt da runter. Du verknickst dir bloß wieder den Knöchel und liegst dann wochenlang rum!»

Jetzt wirft er die Weinflasche weg und stopft sich das schlabberige Kordhemd in die schlabberige Kordhose. Das bedeutet wohl, dass er wieder die Lebensretternummer bringen wird. Ja, richtig geraten: Er tritt entschlossen zur Leiter, mit so einer Mischung aus Selbstüberwindung und Heldenmut. Schon ist sein Schnaufen zu hören. Und sein armes Gesicht erscheint über dem Rand. Die Lippen sind zusammengepresst. Die Augen ganz streng. Wo er doch eigentlich so ein Sanfter ist. Wo er doch eigentlich die sanften braunen Augen seines Vaters hat.

«Steht dir gar nicht, wenn du so aggressiv guckst, Ramafelene. Weißt du das? Aber sag mal, was ganz anderes … hast du etwa mit dem Mädchen geschlafen?»

Was ist jetzt? Ist er mit der Leiter umgefallen? Nein. Anscheinend nicht. Anscheinend steigt er einfach wieder runter und kümmert sich nicht weiter um sie. Ja: Er geht. Er latscht einfach weg.

Das ist neu.

Küwi

Man schwitzt an den seltsamsten Stellen, während man sich nach links und rechts umsieht, dass einem auch keiner zum Braunsee folgt. Kühler Schweiß bildet sich unter der Nase und im Nacken, während man sich dran erinnert, was Ramafelene vor ein paar Tagen noch gesagt hat: dass es verrückt ist und dass nicht garantiert ist, dass man nicht selber auch ins Gefängnis kommen wird.

Aber wenn es nicht verrückt ist, ist es auch keine Heldentat. Und es ist wichtig, dass es eine Heldentat ist. Es muss etwas sein, über das in der Tagesschau berichtet werden kann.

Guten Abend, meine Damen und Herren. Die erste Seapunk-Gruppe der Welt hat etwas Erstaunliches getan. Der Anführer Sydney Seapunk hat sich der Polizei gestellt. Über seine Komplizen möchte er nichts sagen. Aber es müssen sehr gute, mutige Komplizen gewesen sein!

So in etwa? Wird so die Nachricht lauten?

In den Knochen und im Rückgrat hat man ein Brausepulvergefühl, dass einem ganz schwummrig wird. Aber es ist okay, denn gleichzeitig fühlt man sich als Schwarm, also, man fühlt sich nicht mehr alleine. Anders als der Vogelmanuel wahrscheinlich, so wie er da steht, in der Nacht. Er guckt sich etwas an, das er gerade aus dem Erdloch bei der Steinkrautwiese gezogen hat. Einen Hahn!

«HEY!»

«Hn?»

«Hab ichs mir doch gedacht. Dass du unsere Hühner klaust!»

Das ist ja mal was. Da steht der Vogelmanuel und hält Tom an den Füßen, und man selbst steht auch da, aber selbstbewusster, nicht so wie beim letzten Mal. Und der Vogelmanuel bewegt sich mit einer hackenden Bewegung nach vorne? Er bedroht einen mit dem Messer, das man ihm geschenkt hat? Versetzt einem einen Schnitt am Arm?

«Mongo! Wo ist dein Neger? Hn?»

Wie? Was? Ein Durcheinander ist plötzlich da. Ein Handgemenge, innerhalb dessen man mit der Faust in Vogelmanuels Magen boxen kann. Dafür einen Tritt ans Knie hinnehmen muss, der fürchterlich schmerzt.

Käse.

Der Vogelmanuel hat Spucke am Mund, so aufgeregt ist der. Und er ist anscheinend verrückt genug, frontal mit seinem Mini-Messer auf einen zuzuzittern. Was will er denn noch? Und wer tritt da aus dem Schatten?

«STOPP!»

Das ist ja mal was. Da läuft man gefühlte hundert Jahre Nacht für Nacht alleine durch die Gegend, keiner will je mit einem sprechen, und jetzt will man mal keinen treffen, weil man es eilig hat, und da begegnet man dem Vogelmanuel – und der Ingrid. Und die Ingrid hat die Skinheadfrisur, die einen heute Mittag schon gewundert hat.

«Manuel! Beleidigst du meine Kinder? Ist das ein MESSER?»

«Hn?»

«MACH, DASS DU WEGKOMMST!»

Erstaunlich, mit was für einer Energie Ingrid den Vogelmanuel angeht, nachdem sie den Sonnenhof so lange nicht verlassen hat.

Und der Blöde versucht noch, lässig mit dem Oberkörper zu wippen, während er das Messer einklappt. Aber man sieht schon, dass sich ihm gleichzeitig die Zehennägel einrollen vor Angst. Die Ingrid versteht er wohl nicht, die hat er nie verstanden!

Tom lässt er zurück. Er nimmt sein eierndes Wägelchen und haut ab. Picobello.

Andererseits hat man jetzt die Ingrid an der Backe.

«Ich wusste, dass er das war mit den Hühnern! Aber was machst du hier, Küwi? Ohne Detektor?»

«Ich mach nichts. Ich geh hier nur so rum. Aus Spaß.»

«Das kann ich mir kaum vorstellen. Das wird doch wieder irgendwas mit David zu tun haben. Ist er hier?»

«Also. Eigentlich weiß ich es nicht. Aber jetzt, wo dus sagst, glaube ich, dass ich ihn vielleicht eben gesehen habe. Also, ich glaube, er ist vorhin in Richtung Altona gelaufen. Da entlang. Nich?»

Ingrid ergreift den schlaffen Hahn und haut in die falsche Richtung ab. Picobello. Aber aus Versehen freut man sich zu sehr und macht so ein Schnalzen mit der Zunge, und Ingrid dreht sich wieder um. Ihre Augen fliegen misstrauisch hin und her. Sie sagt, hier liefe doch massiv etwas falsch.

Dann seufzt sie. Sie setzt sich auf den alten Baggerreifen. Will anscheinend ein ernsthaftes Gespräch beginnen. Das passt einem jetzt gar nicht.

Sie hat den schlaffen Hahn auf dem Schoß und kommt einem mit Erinnerungen! Wie sie früher immer am Fenster ihres Häuschens stand und man selber unten, um die Ecke herum. Und wie man dann mit den beiden Blechdosen an den Schnüren telefoniert habe. Ob man sich daran noch erinnern könne?

«Wir konnten beide kein Wort verstehen, Küwi. Aber wir hatten beide daran Spaß. Oder?»

«Mhm. Ich …»

«Und heute denk ich, dass wir das vielleicht zu lange nicht gemacht haben. Dass du vielleicht traurig bist, weil wir so was nicht mehr machen.»

«Ist irgendwas passiert?»

«Nein. Ich sag es nur so. Ich hab irgendwie das Gefühl, wir sind gar nicht mehr ehrlich zueinander.»

Das bringt einen jetzt in eine doofe Lage, dass sie einem mit Ehrlichkeit kommt und misstrauisch guckt. Man kann doch nichts sagen. Obwohl es natürlich schön wäre, wenn Ingrid auch Seapunk werden würde. Aber David hat gesagt, dass man sie höchstens hinterher einweihen kann, wenn alles gutgegangen ist. Vielleicht wird man dann zusammen zu einem Schwarm? Ginge das nicht?

Sie streichelt den Hahn. Das ist komisch. Der Hahn bewegt den Hals s-förmig, sodass man sieht, dass er zwar noch lebt, aber nicht mehr klar ist im Kopf. Normalerweise ist Ingrid dafür, Tiere ruppig zu behandeln. Sie will ihnen keine Namen geben, man soll sie nicht zu Kuscheltieren machen. Und jetzt streichelt sie!

«Küwi. Ich möchte, dass wir demnächst noch mal mit Blechdosen telefonieren. Oder etwas anderes machen. Hättest du Lust dazu?»

«Ja. Aber wir müssen es ein andermal weiterbesprechen. Ich wollte heute noch ein bisschen was machen. Also, Dinge finden. Und was ich immer so mache. Also lieber ein andermal, Mama.»

Man verdünnisiert sich. Und als man ein bisschen weg ist, stellt man plötzlich fest, dass man sie Mama genannt hat. Normal hat Inge streng verboten, dass man sie Mama nennt. Man ist ja nicht ihr richtiger Sohn. Seit es die alte Sonnenhofgruppe nicht mehr gibt: keine Mama mehr, und nichts mit Familie.

Und jetzt?

Jetzt hat man Mama gesagt, und sie hat nicht nur nicht widersprochen, sondern man hatte sogar das Gefühl, dass man sie aufmuntern konnte.

Picobello.

Ramafelene

Ramafelene und Bibi finden sich an der Reifenfabrik im Gewerbegebiet. Es gibt Abstimmungsschwierigkeiten.

«Wo drückst du dich denn die ganze Zeit rum, Ramafelene? Warum gehst du nicht ans Telefon?»

Ihre Füße sind nackt, ihre Beine sind schlammbespritzt, und sie trägt ein kurzes hellblaues, wunderbares Kleid, und ihre einzigartigen Knollenknie sind zu sehen, und trotz der vorwurfsvollen Begrüßung umarmt sie Ramafelene schwungvoll und küsst ihn auf die Wange, und ihre Lippen sind warm, und sie sagt, sie freue sich auf alles, sie könnten gleich morgen los. Aber ihre Fröhlichkeit zerstört ihn, denn: Er kann ja nicht! Er hat ihr gestern Drogen gegeben und selber welche genommen! Es ist alles ein Verbrechen!

Sie dreht ihm eine Zigarette und schaut, als ahne sie gar nichts von diesem Stimmungswechsel.

Sie holt einen Erdbeerfettstift raus und reibt sich die Lippen damit ein.

Als sie losgehen, ist wieder der alte Spazierengeh-Rhythmus da, den sie all die Wochen geteilt haben. Er hat kaum geschlafen, und der Wein und die Biere machen, dass die Fakten kurzzeitig verdrängt werden können: Gehen wir nicht wie immer? Ist nicht alles normal?

Dort vorne ist der rostige Kran, an dem sie letztens hochgeklettert sind. Oben haben sie ein Spiel gespielt, dass Bibi ‹chinesisches Personenraten› genannt hat. Man musste unter anderem bestimmen, welche Jahreszeit der andere ist. Ramafelene war Herbstsonnenschein, Bibi ein Sommergewitter. Und jetzt sagt sie, man könne ja weiterspielen – welche Superhelden-Fähigkeit sei sie denn?

Zeit anhalten, stottert er.

Und welche Krankheit?

Nichts Schlimmes, sagt er. Husten?

Welche Figur bei den Germanen?

Velede, die Magierin.

Jetzt ist sie dran, und sie gehen und spielen (Ramafelene ist Röteln, Klettern und Ägyptologie), und zwischendurch schweigen sie, und es könnte so ungezwungen sein – wenn ihnen nicht dieser Verführer Sydney Seapunk ins Leben gestolpert wäre. Sie erzählt, sie sei am Morgen noch mal bei ihrem Wohnblock vorbei und habe von außen durchs Küchenfenster gesehen. Da habe sich ihre Mutter gerade mal wieder mit ihrem Macker vertragen. Bei der Gelegenheit habe sie sich endgültig von ihr verabschiedet, innerlich. Und ihr alles Gute gewünscht.

Ramafelene schweigt.

Auf dem Schornstein der Müllcontainerfabrik sitzen Kinder aus der Hüttensiedlung und werfen irgendein Zeug herunter. In einer Seitenstraße ist die Nachhut eines Fackelzugs zu sehen. Ein Sprechchor entfernt sich.

Bibi will runter zur Tankstelle, um Sekt zu kaufen, für hinterher, zum Anstoßen. Er kann überhaupt nichts mehr sagen. Sie dreht ihm noch eine von ihren wunderbar dünnen Zigaretten, die ihm immer so wertvoll vorkamen. Sie fragt ihn, ob er ihr den Rucksack abnehmen könne, der sei so schwer. Er nimmt ihn. Und wundert sich. Es passt überhaupt nicht zu Bibi, sich den Rucksack abnehmen zu lassen, erst recht nicht, wenn der Rucksack so bedrückend leicht ist. Sie sagt, sie habe Klamotten darin, für den Fall, dass er und sie sich entscheiden würden, nach der Geldübergabe *sofort* nach Tunesien abzuhauen. Man habe das ja gar nicht mehr besprechen können, weil er sich ja den ganzen Tag nicht habe blicken lassen!

Und er denkt: Ihr ganzes Leben ist in dem Rucksack drin. Sie will mir ihr ganzes Leben anvertrauen. Und was soll ich damit machen?

«Komm, wir setzen uns hier mal hin, Ramafelene. Du bist ja ganz zittrig.»

Sie setzen sich hin. Sie rauchen und schauen zur leuchtenden Tankstelle rüber. Sie zwinkert ihm mit beiden Augen zu, als wollte sie sagen: Wir freuen uns beide und sind aufgeregt, das ist schön! Dieses beidäugige Zwinkern ist eine Erwachsenengeste, die ihr nie zu hundert Prozent gelingt. Sie ist zu jung.

Nachdem sie den Sekt gekauft haben, fängt sie an, eine Theorie zu entwickeln, der zufolge man im Leben viel zu oft Angst habe, glücklich zu sein. Oder man hält sich für unglücklich, aber in Wirklichkeit ist es so, dass man misstrauisch auf seinem Unglück herumsitzt, wie auf einem Kissen, wie auf dem einzigen Schatz, den man hat. Und das komme, weil es eben anstrengend sei, das Glücklichsein zu versuchen. Optimismus verlange einem viel mehr ab als Dagegen-Sein.

«Beispielsweise: Zwei Menschen begegnen sich und docken aneinander an, so richtig wie im Film. Und sie könnten was ganz Tolles erleben. Aber dann sagt einer: Ich habe Angst! Und das bedeutet, dass dieser eine gar nicht glücklich sein will, weil er sich im Unglück eingerichtet hat. So ist es zum Beispiel auch bei deiner Mutter.»

Ein Streifenwagen fährt knirschend vorbei. Bibi zuckt, aber sie sind weit genug weg, und der Wagen scheint eher wegen dem zu kommen, was da hinten bei der Fabrik los ist. Ein Feuer, eine Schlägerei. Ein Bandenkrieg.

Sie gehen Richtung Braunsee.

Er denkt: Ein Königreich für die Fähigkeit, vollkommen wahnsinnig und romantisch zu sein. Aber vielleicht wäre es nicht romantisch, eine Siebzehneinhalbjährige zu entführen, vielleicht wäre es eher etwas, das sein Vater gemacht hätte?

Aus irgendeinem Grund erzählt er ihr von seinem ersten Mal. Es war eine durchreisende Besucherin, Kora, die halbseitig Rastalocken und halbseitig Glatze trug. Nach einigen Malen bestand sie darauf, das Liebemachen mit ihrem Smartphone zu filmen. Als er sich ansah, was sie aufgenommen hatte, sah er sich als *rammelndes Tier*. Dieses Bild hat ihn schockiert. Er will Bibi erklären, dass er dieses Gefühl auf keinen Fall mit der Empfindung vermengen will, die er ihr gegenüber hat. Aber es ist zu kompliziert. Er kriegt es nicht formuliert. Vielleicht ist er zu betrunken. Vielleicht funktioniert die Sprache nicht.

Vor ihnen liegt der Mutantenkäfer. Ein Autowrack,

das Küwi irgendwann mal so getauft hat. Sie klettert hinein. Er setzt sich auf den Beifahrersitz. Die Kunstlederpolster riechen säuerlich und sind noch warm vom Tag. Sie legt ihre nackten Füße auf das Armaturenbrett und guckt noch immer so, als ahnte sie nichts. Ihr Kleid rutscht hoch, und darunter sind ihre Beine, die sie beide betrachten, und als sei es das Naheliegendste, beginnt sie wieder von ihrem morgendlichen Ausflug nach Bergedorf zu erzählen.

«Kannst du dir überhaupt vorstellen, was für ein FEELING da in Bergedorf abgeht? Ich wollte gerade wieder weg, weil ich echt genug hatte von meiner Mutter, da kam so ein Penner auf die Kreuzung. Den kenn ich schon vom Sehen, der heißt Nougat oder so, ich weiß nicht, warum. Der hat sich mitten auf der Kreuzung nackt ausgezogen und geschrien! Ich hatte früher mal kurz mit dem gesprochen. Er hinkt. Jedenfalls: Das hatte nichts mit Sex zu tun, dass der sich ausgezogen hat. Überhaupt nicht. Der war aus Verzweiflung nackt, das hat man gesehen. Der wollte gucken, ob überhaupt noch jemand merkt, dass es ihn gibt. So klang sein Schrei auch. Und danach ist er schnell weg von der Kreuzung, weil Autos kamen. Aber beachtet hat ihn keiner.»

Er fragt, was sie ihm damit sagen wolle.

«Als Jugendamt-WG-Kind würde ich auch zu der Sorte Mensch gehören. Zu den Einsamsten. Vielleicht wäre ich nicht so einsam wie dieser Nougat, weil ich kein alter Alkoholiker bin, sondern noch jung und nicht obdachlos und mit zwei gesunden Beinen. Aber fast! Es würde in diese Richtung gehen. Verstehst du, Ramafelene? Wenn man Heimkind ist, ist man in einer bestimmten Schiene drin. Man zieht brutale Menschen an. Siehe meine Mutter.»

Ihre Stimme klingt heiser. Sie legt ihre Füße in seinen Schoß.

Bibi

Die Einsamkeit ist ein Monster, das in den Menschen wohnt und sie nach und nach abnagt von innen.

Bibis Monster war schon immer da. Es hat mit ihr in ihrem Kinderzimmer gewohnt. Es ist mit ihr durch die Straßen gelaufen und hat nach unabgeschlossenen Autos gesucht, aus deren Handschuhfächern man zerkratzte CDs und kleine Kuscheltiere mit nicht mehr klebenden Saugnäpfen klauen konnte. Es hat verschiedene Stiefväter mitertragen, von denen sie nur den einen mochte, den ihre Mutter ausgerechnet am uninteressantesten fand, weil er klein war und versuchte, über Witz zu punkten. Ihr Monster war in der Nacht dabei, als sie in die Tankstelle rein ist mit der Gaspistole, um etwas Neues zu schaffen. Das Monster war dabei, als sie von dem Freund ihrer Cousine im Parkhaus entjungfert wurde. Das Monster ist der Bruder, den sie sich gewünscht hat, nur in Scheiße. Und dann hat sie das Monster vollkommen vergessen. Die ganzen letzten Wochen über sah es aus, als könnte ein besserer Abschnitt ihres Lebens beginnen.

Dieser Traum ist vorbei. Ramafelene hat sie nie geliebt. Er steht angetrunken am Ufer des Braunsees und beweist es.

«… weil es auf Kosten anderer geht, David. Deshalb

ist es ein Verbrechen. Egal, wie man es dreht und wendet. Und deshalb werde ich die Polizei anrufen, es sei denn, du rufst jetzt deinen Bruder an und löst alles auf. Es geht nicht anders. Bibi hier hat ihr ganzes Leben noch vor sich! Du kannst doch meine Leute nicht ins Gefängnis bringen!»

Sie hat ihn nicht gekannt. Es ist irgendwas in ihm drin, das sie nicht gekannt hat. Da steht er mit der Sektflasche in der Hand und fuchtelt mit seinem Uralthandy, als wäre er irgendein besoffener Lehrer oder so. Zwischendurch wird er jammerig, schaut Bibi verständnissuchend an, versucht es in einem anderen Ton, hinter dem aber dasselbe steckt: Verrat. Wenn David vernünftig sei, könne alles bleiben, wie es ist. Bibi müsse zwar in die Jugendamt-WG, das sei leider *unausweichlich* – aber sie könne ja ihre freie Zeit auf dem Sonnenhof verbringen. Sie könne die Leitung der alten Kerzerei übernehmen, zum Beispiel, die er wieder aufbauen will, das stelle er sich ganz toll vor. Das werde ihr gefallen! Er will auch wieder Themen-Teemischungen und selbstgefilzte Sitzauflagen auf dem Wochenmarkt verkaufen, um den Sonnenhof wieder hochzubringen, ganz legal. Und mit Bibis Hilfe!

Es ist maximal zum Kotzen.

Sie hätte sich in den armen Küwi, der sich vor Enttäuschung die Hände vors Gesicht hält, verlieben sollen. Oder in David, der stumm in den Himmel sieht. Oder in keinen. Jedenfalls nicht in einen Mann, der sie nie ernst genommen hat, der sie küsst und dabei trotzdem für ein labiles Kind hält.

David geht auf Ramafelene zu, und Ramafelene weicht

zurück. David sagt, er werde die Aktion auf jeden Fall bringen, das ginge leider nicht anders, es tue ihm leid. Und dann schaut er Bibi und Küwi an, und Küwi nickt, weil er auf Davids Seite ist, und Bibi nickt auch.

In Zukunft wird sie das sein, was sie schon immer hätte sein müssen. Eine Spielerin. Eine Frau, die unberechenbar ist.

8

NACHRICHT DER ENTFÜHRER

Hamburg-Blankenese, zwei Tage später

Sebastian

Sebastian van Geelen hat sich gegen die Polizei und für einen neuen Versuch mit seiner Mutter entschieden. Er sitzt in ihrem ehemaligen Atelier, das im Erdgeschoss liegt, nach hinten zum Garten raus. In den letzten beiden Tagen hat er es immer wieder umgestaltet. Um eine Gesprächssituation zu erzwingen. Irgendwie.

An der Fensterwand stehen zwei korallenartige Skulpturen. Neben der Tür hängt ein Ölgemälde, das behelmte Gestalten in einer Unterwasserlandschaft zeigt. Der Komfortsessel, auf dem er sitzt, war der Lieblingssessel seiner Mutter. Vor ihm, auf der antiken Seemannskiste, steht ein gerahmtes Foto, das sie beim Federballspielen zeigt, in jungen Jahren. Es ist das Foto, das auch David am liebsten mochte; sie sieht glücklich darauf aus, wahrscheinlich, weil sie mit David spielt. Neben dem Foto liegt das verdammte Mobiltelefon, das Sebastian zwischendurch beinahe gegen die Wand geschmettert hätte.

Noch immer keine Nachricht der Entführer.

Auch die Gedankengespräche mit Mutter treten auf der Stelle.

Dein Lieblingssohn wurde entführt. Ich habe die erforderlichen Maßnahmen ergriffen. Der Moment zur Aussöhnung ist da. Wir sind vereint in unserer gemeinsamen Sorge um David!

Zero Response. Die Stimmung im Raum könnte nicht seelenloser sein. Schlafen kann er nach wie vor nicht – ihm bleibt nur auszuharren.

Er friert vor Erschöpfung. Er überlegt, ob er noch einmal umräumen sollte. Vielleicht wirkt der Raum zu museal, vielleicht halten sich Tote, wenn überhaupt, lieber in heimeligen Räumen auf?

Er karrt allerhand Plunder heran: Kissen, Decken, eine Kerze; Mutters letzte Pantoffeln werden angezogen. Aus der Stereoanlange dringt erdferne Musik, die Hamburger Sinfonien von Carl Philipp Emanuel Bach. Mutters Ästhetik zufolge haben sie die farbliche Affirmation Türkis und Türkis wiederum die Affirmationen Unendlichkeit, Utopia, Massenkommunikation, Atlantis. Das sind so Thesen, die nur David nachvollziehen konnte. Er war ihr quasi aus den Rippen geschnitten, das muss Sebastian zugeben. Was die beiden alles unternommen haben! Sie sind zu Transhumanismus-Kongressen geflogen; sie haben Star-Trek-Treffen in Berlin besucht; sie sind Bürger irgendeines fiktiven Staates geworden und haben wochenlang geheimnisvoll davon geredet, dass sie nun *Asgardianer* seien.

Vater und Sebastian haben währenddessen den Konzern aufgebaut. Etwas weniger spektakulär. Aber notwendig.

Stille im Raum. Der Kippmechanismus des Komfortsessels klemmt. Sebastian möchte die Lehne aufrecht stellen, um nicht so zurückgelehnt dazusitzen, sondern, im Gegenteil, zu einer anteilnehmend-besorgten Haltung zu finden, stattdessen kippt die Lehne nun ganz nach hinten, und er sieht sich mehr oder weniger zum Liegen gezwungen. Resignierend verharrt er in dieser Position. Das Gefühl totalen Ungeliebtseins umschließt ihn wie Packeis.

Beantworte mir nur eine einzige Frage, Mutter. War diese Frontenbildung meine Idee? Habt David und du euch nicht gegen uns verschworen?

Nach Stunden findet er sich plötzlich im Garten wieder, ohne zu wissen, wie er dorthin gelangt ist. In den Händen hält er den Rubik-Würfel, den ihm Vater geschenkt hat und dessen Seiten noch überhaupt nie einfarbig waren. Hilflos schraubt er daran herum.

Wieder eine Zeit später kommt er in der Spiegelgalerie zu sich, als sei er von irgendwem dort hingebeamt geworden. In den Spiegeln links und rechts entdeckt er einen ältlichen Herrn im Hausmantel, der einen glockenförmigen Vogelkäfig trägt. Gero flattert aufgeregt.

Sebastian stellt die Voliere auf die Seemannskiste. Er sucht ein Kinderfoto von David raus und legt es dazu.

Das ist die Familie, die momentan verfügbar ist.

Er holt die beiden großen Sporttaschen mit dem Lösegeld aus dem begehbaren Safe, um seiner Mutter zu zeigen, dass er gehandelt hat.

Was soll ich denn noch tun?

Ganz nah geht er an das Gesicht auf dem Foto heran. Mutters Trainingsanzug ist türkisfarben, auch ihre Socken, natürlich, türkistürkistürkis. Wer hat eigentlich bestimmt, dass David die Farbe für sich beanspruchen kann, nach Mutters Tod? Wer sagt, dass David die Farbe gehört, und ihm, Sebastian, nicht?

Er sucht nach türkisfarbenen Kleidern, aber er findet keine. Stattdessen: ein spätes Foto, auf dem seine Mutter ausnahmsweise nicht Türkis trägt. Da hat sie schon die Glatze. Es ist während der Chemotherapie aufgenommen worden. Als Sebastian genauer hinsieht, entdeckt er doch wieder: Türkis. Ihren Kettenanhänger, einen bohnenförmigen Stein. Den hat David nach ihrem Tod an sich genommen.

Mutter. Was genau ist dein Vorwurf an mich? Dass ich ihm nicht das Haus überlassen habe? Dass ich nicht auf seine Vorschläge die Firma betreffend eingegangen bin? Hast du seine Vorschläge gehört? – Oder geht es um Korsika? Geht es die ganze Zeit um Korsika?

Sebastian krümmt sich im Komfortsessel zusammen. Er erinnert sich: Wie er und ein paar andere Kinder David am Strand von Korsika eingegraben haben, bis nur noch sein blöder Erbsenkopf aus dem Sand ragte. Und er, Sebastian, hat, umringt von den Ferienfreunden, dem Bruder auf den Kopf uriniert. Vater hat von weitem zugesehen. So war das.

Mehr noch, da sind noch andere Assoziationen. Da sind Familiendunkelheiten, eher Gefühle als klare Erinnerung. Manches mag nur geträumt oder gedacht gewesen sein. Unmöglich, das noch auseinanderzusortieren.

Aber wie kann ich denn immer noch der sein müssen, der ich war?

Gero schlägt wild mit den Flügeln, wie um sein Herrchen von der Opipramol-Einnahme abzuhalten – als das Mobiltelefon vibriert. Eine Nachricht der Entführer. Er solle sich umgehend mit dem Geld in sein Auto setzen:

WEITERE ANWEISUNGEN FOLGEN.

9

GELDÜBERGABE

Dieselbe Nacht

Küwi

Weil man das erste Mal, seit man denken kann, woanders als zu Hause geschlafen hat und weil man alles ohne Ramafelene durchziehen wird, fühlt man sich, als wäre der ganze Körper ein Ameisenhaufen. Der alte Wohnwagen bei der A 23 ist aber ein guter Ort, man ist froh, dass man ihn als neue Geheimzentrale vorschlagen konnte, weil Ramafelene ihn nicht kennt. Vor langer Zeit hat hier ein Verrückter namens Alf gewohnt, den hat man ein paarmal besucht; seine Heiligenbildchen kleben noch an den morschen Schränken. Auf dem Wohnwagentischchen brennen Teelichter. Nieselregen drippelt aufs Dach.

Man überlegt: Stimmt es, was David und Bibi sagen, dass Ramafelene hinterher zufrieden sein wird, wenn alles gutgegangen ist? Und dass er bestimmt doch nicht die Polizei gerufen hat?

Man zieht sich eine der Strumpfmasken über den Kopf, die man noch im Fundus hatte. Der Strumpf sitzt eng. Er drückt an der Nase. Aber in der Scheibe sieht man, und darum gehts, dass man das Gesicht nicht erkennt. Picobello.

Das Fairphone vibriert.

> Sag mir doch wenigstens, ob ihr noch in der Stadt seid!!! Ich mache hier kein Auge mehr zu! Das ist ein VERBRECHEN, Kai-Uwe, dafür kann man ins GEFÄNGNIS kommen!

Das ist die zehnte Nachricht von Ramafelene. Es ist hart, ihm nicht antworten zu können. Am liebsten würde man ihm zumindest so was wie *Up the Seapunks!* schreiben, damit er weiß, dass es einem gutgeht. Aber David hat es verboten.

Die Tür geht auf. David kommt vom Pinkeln wieder. Er setzt sich auf die Sitzbank und lächelt supernervös.

«Aufgeregt, Küwi? Bibi hat geschrieben. Sie wird in einer Stunde unten bei der A 23 auf ihrem Posten sein.»

David holt sein Fairtablet raus und wischt darauf herum. Er fragt, welche Parole man den Medien später als erste Seapunk-Parole rausgeben soll. Weil, es soll ja so sein, dass die Medien Futter kriegen, wenn David sich freiwillig gestellt hat. Im besten Fall geht die Nachricht dann um die ganze Welt!

«Es müsste eine von den bodenständigeren Parolen sein, denkst du nicht? Eine, die die nähere Zukunft betrifft. Die Menschen halten einen ja leider für unseriös, sobald man weiter als fünfzig Jahre in die Zukunft denkt. Über das Jenseits denken sie nach. Kein Problem! Aber über das Jahr fünftausend nachzudenken, finden sie vollkommen abgehoben.»

Man kann sich nicht darauf konzentrieren, was er sagt. Man muss darüber nachdenken, dass es toller wäre, danach als Gruppe zusammenzubleiben. Gänsehaut bekommt man bei der Phantasie, dass man, wenn David schon unbedingt ins Gefängnis muss, trotzdem noch weitermachen und zusammen mit Bibi eine Bank überfallen könnte, als ganz kleiner Seapunk-Schwarm! Das wäre bestimmt von der Moral her richtig. Man würde dadurch sozusagen zu einem Schmetterling werden, nachdem man bisher, im normalen Leben, nur eine Raupe war.

Und alles ist so.

Alles kann ein Schmetterling werden.

Weil, zuerst ist immer alles normal. Aber dann kommt jemand und stellt sich was Neues vor. Zum Beispiel denkt man vielleicht, es könnte keine Wohnwagen geben, aber, zack, dann kommt einer und denkt sich einen Wohnwagen aus! Oder man denkt: Das ist ja ganz normal, dass es keine Fairtablets geben kann, und, zack, kommt einer und erfindet die!

Und man selber ist auch so. Es steckt ein Schmetterling in einem drin! Und in David ja auch.

«Hier, Küwi, hier habe ich eine einigermaßen vernünftige Parole. *Es lebe das Weltbürgertum! Mit dieser inszenierten Entführung wollen wir, die Seapunks, darauf aufmerksam machen, dass die Idee des Nationalstaats der Vergangenheit angehört.* Das klingt doch vernünftig, oder? Sozusagen zum Reinkommen?»

«Weiß nicht. Ich weiß immer nicht, was die Leute genau denken.»

Man macht eine Bio-Kekse-Packung auf, während der Freund weiter nach Parolen sucht. Man stellt fest: Manche Kekse sind kreisförmig mit rotem Glibber in der Mitte, und das sind die besten. Und die hat auch einer erfunden.

«Oder: *Wir Seapunks werden mit unseren Aktionen nicht aufhören, bis es eine demokratisch legitimierte Weltregierung und ein weltweites bedingungsloses Grundeinkommen gibt! Bis dahin rufen wir zu illegalen Umverteilungsaktionen auf, sofern bei diesen niemandem körperlicher Schaden zugefügt wird.*»

Ja. Körperlicher Schaden sollte nie irgendjemandem zugefügt werden.

«*Das Bruttosozialglück muss als Idee ernst genommen werden. Der Wert einer Gesellschaft bemisst sich am Wohlergehen derer, denen es am schlechtesten geht.*»

Das klingt alles von der Moral her richtig.

«*Wir, die Seapunks, sind der Meinung, dass wir das bereits erreichte Wertschöpfungsniveau konsolidieren sollten. Die Postwachstumsökonomie ist unsere Zukunft! Wir müssen nicht mehr wachsen!*»

Das findet man weniger gut. Das klingt zu kompliziert. Man schlägt dem Freund vor loszugehen.

Bibi

Bianca Kempfer, nach einer großen Enttäuschung zur Spielerin geworden, zur unberechenbaren Frau, steht auf dem Dach einer Kentucky-Fried-Chicken-Filiale und schaut über St. Pauli. Neben ihr steht der Pizzataxijunge Ammon und betastet seine Augenklappe. Weil er ihr heute Morgen verraten hat, dass das Auge unter der Augenklappe vollkommen gesund ist und er sie nur trägt, um gefährlicher auszusehen, hat sie überlegt, wie viel Spielernatur in *ihm* drinsteckt. Sie hat überlegt, ob sie nicht beide Spieler sind, die ein gemeinsames Spiel spielen könnten. Mittlerweile ist sie sich aber nicht mehr so sicher, ob er wirklich so skrupellos ist wie sie. Die Art, wie er sie anschaut, kommt ihr eher unreif vor. Unreif waren auch seine kitschigen SMS, die mindestens dreimal am Tag kamen, seit er nach ihrer Nummer gefragt hat. Unreif kämmt er sich die Haare zurück.

«Ammon. Ich hoffe, du hast das jetzt verstanden. Wir beiden machen die Aktion. Aber als Einzelkämpfer.»

«Absolut verstanden.»

«Und sag nicht immer *Holde Bibi* oder *Ich hab dich gern* zu mir. Das klingt dumm.»

«Ich werde nie wieder *Holde Bibi* oder *Ich hab dich gern* zu dir sagen.»

«Dann ist gut.»

Er guckt ironisch. Sie ist sich nicht sicher, wie klug oder unklug er ist.

Die Stadt wirkt agentenfilmmäßig von hier oben betrachtet. Graue Gestalten gehen durch die Abenddämmerung. Die meisten sind kaltherzig. Und tragen Masken. Da macht sie sich keine Illusionen mehr.

Auf der anderen Elbseite, ganz weit hinten, ist Rauch. Darüber schwebt ein kleines Ding in der Luft, eine Löschdrohne wahrscheinlich. Der Michel ist auch zu sehen, als kleiner Zipfel.

Bibi beobachtet aus den Augenwinkeln, wie sich Ammon eine Zigarette aus dem affigen Etui fingert, das er hat. Er klopft mit der Zigarette auf das silberne Kästchen und schaut in die Ferne, als wäre er ein ernster älterer Herr. Das ist aber auch nur eine Maske. Seine Lebensgeschichte beeindruckt sie wenig. Obwohl sie zugeben muss, dass es sich relativ hart anhört. Vor zehn Jahren will er mit seinem Vater, der inzwischen tot sein soll, aus dem Iran gekommen sein. Seit drei Jahren will er alleine hier oben wohnen, in einer Hütte, die er aus Brettern, Autoschrott und anderem Zeugs zusammengefrickelt hat. Letzteres stimmt, zumindest gibt es die Hütte: in der Mitte des Daches, mit dem großen Backsteinschornstein als Hinterwand. Sie hat heute Nacht darin geschlafen. Wahrscheinlich ist seine Lebensgeschichte auch wirklich eine ganz herzzerreißende, das mag sein. Aber wer gibt denn was auf ihre Lebensgeschichte?

Sie schnippt die Kippe weg. Auf dem Dach steht eine Metalltonne, zum Feuer-drin-Machen. Es gibt, unsinnigerweise, ein Planschbecken mit Snoopys drauf, direkt vor Ammons Hütte, wie ein Pseudo-Whirlpool. Ansonsten: Vogelkacke. Und ein Meer aus Antennen. Der Fernsehturm ist ein verkohlter Stiel vor dem graugelben Himmel.

Ammon hat sich auf die glitzernde Dachpappe gesetzt, um in einem seiner gelben Gedichtebüchlein zu lesen.

«Bibi? Soll ich dir ein Gedicht vorlesen?»

«Nein. Ich hab doch gerade wieder gesagt, ich bin Einzelkämpferin. Ich brauch keine Freunde. Und so solltest du auch denken. Damit fährst du am besten im Leben. Für mich wirst du nur der Fluchtfahrzeugfahrer sein, weil du ein Motorrad hast. Dafür beteilige ich dich an der Beute. Siebzig zu dreißig, wie gesagt.»

«Mhm.»

Ammon betastet die Augenklappe. Dann steht er auf und nimmt seine Bomberjacke von dem Kleiderständer, der einfach so auf dem Dach herumsteht, als wäre es eine Wohnung. Watte dribbelt aus der Schulternaht. Wahrscheinlich hat er die Jacke aus dem Umsonst-Laden ‹Brings und Hols›, den es hier um die Ecke gibt.

Sein schäbiges Äußeres passt nicht zu seinem komischen, altmodischen Deutsch. Das Deutsch kommt anscheinend aus seinen gelben Gedichtebüchlein. Er gibt damit an.

«Holde. Ich werde den Duft hier oben vermissen, wenn wir abhauen. Aber das Geld, das ich krieg, wird mich wohl darüber hinwegtrösten können. Wenn das alles so klappt.»

«Duft? Was für ein Duft denn bitte?»

«Ich meine diesen tollen Chicken-Geruch aus der Lüftung. An den hab ich mich so gewöhnt.»

Er fingert eine seiner duftstofffreien Gauloises aus dem Etui. Dann schreitet er auf dem Dach umher und blickt dabei in den Himmel, als sage er in Gedanken Verse auf.

Sie drückt David weg, der schon wieder anruft. Sie schreibt ihm, dass sie in einer Stunde auf ihrem Posten ist. Das schlechte Gewissen wird sie unterdrücken, so gut es geht. Wenn sie erst aus Hamburg weg ist, wird es auch besser werden mit der Traurigkeit wegen Ramafelene, das hat sie sich fest vorgenommen. Dann werden andere Dinge kommen, so wie immer andere Dinge kommen im Leben. Ein Bergedorfer Mädchen sollte das alles möglichst unbeteiligt an sich vorbeilaufen lassen.

«Bibi? Weißt du, was ich herzallerliebst finde?»

«Nein.»

«Dass du Angst hast und deshalb trödelst.»

«Du bist ein Wirrkopf. Wo trödel ich denn?»

Ammon nimmt seinen Rucksack und springt mit einem Satz über den Spalt auf das Kinodach rüber. Dann guckt er zu ihr zurück und tippt auf seine nicht vorhandene Armbanduhr.

«TRÖDEL, SOLANG DU MÖCHTEST. ICH FINDE DAS HÜBSCH. KEIN PROBLEM.»

Der Pseudo-Dichter! Er legt sich mit dem Bauch auf den Stahlrand vom Kinodach. Anscheinend spürt er wieder den Kinofilm-Vibrationen nach. Er behauptet, das sei sein Hobby: raten, was für Filme unten gerade laufen. Eine Romanze mit Orchester. Ein Historienfilm. Oder ein Kriegsfilm mit einer Seeschlacht zwischen Indien und China. Das könne er am Brummen der Soundeffekte spüren. Typ!

«HIER LÄUFT GERADE EIN LIEBESFILM.»

«EIN ACTIONFILM, MEIN LIEBER. BEI UNS IST JETZT EIN ACTIONFILM ANGESAGT.»

Bibi setzt ihren Rucksack auf. Sie schließt die Augen und springt über die Spalte zwischen den Dächern, und als sie die Augen wieder aufmacht, schlägt ihr Herz so schnell, dass sie das Gefühl hat, dass es gleich stolpert und für immer zu schlagen aufhört.

Ammon ist schon weiter. Er durchquert den Wald aus Schornsteinen, in dem er sie gestern hat küssen wollen. Mit seiner langen, ungewaschenen Zunge, die sich anfühlt wie ein Aal, hat er sie küssen wollen, und sie hat an Ramafelene denken müssen, an die schönen Tage, und wie sollte sie je aufhören können, daran zu denken?

Sie sollte mal lieber ihre tote Cousine nicht vergessen, sagt sie sich. Ihre Cousine ist einfach vom Dach der Jugendamt-WG gehopst, in der sie gewohnt hat. Das war ihre Entscheidung, und Bibi respektiert das. Aber für sie wäre das nichts. Dann hätten die anderen gewonnen.

«Ammon! Ich sage, wann es losgeht.»

«Wann geht es denn los, meine Holde?»

«JETZT!»

Ramafelene

Ramafelene folgt seiner Mutter durch den stärker werdenden Regen. Unvermittelt ist sie losmarschiert, im Bademantel, als wäre ihr plötzlich eine Eingebung gekommen. Jetzt macht sie richtig Meter. Er hat sie noch nie in seinem Leben so schnell gehen sehen.

Blitze zucken in der Ferne. Die Bäume rauschen und beginnen, sich zu winden. Ihm ist schlecht. Er hätte die Polizei rufen müssen. Um Bibi zu schützen.

Mutter biegt auf die A 23; sie marschiert barfuß durch das schaumige Wasser auf dem Seitenstreifen. Der Lichtkegel ihrer Taschenlampe tastet sich voran. In der Hand hält sie einen Zettel.

«MAMA? WO WILLST DU HIN?»

Sie antwortet nicht, sie weicht dem Wasser nicht aus, das ihr die vorbeifahrenden Autos entgegenspritzen. Sie biegt in eine Haltebucht ein. Ein Geländewagen steht da. Das Standlicht ist an. Im Hintergrund wölbt sich der Himmel dunkelgelb aus, es blitzt. Ramafelene erkennt einen steinernen Picknicktisch und darauf zwei Sporttaschen. Seine Mutter dreht sich zu ihm um. Sie sieht aus wie eine wirre Greisin mit der Glatze.

Küwi

Man ist die Holzsprossen zum Hochstand für Jäger hochgestiegen. Man hat sich das Nachtsichtgerät aufgesetzt, weil David gesagt hat, er will seinen Bruder lieber nicht sehen. Durch das Nachtsichtgerät sieht die Haltebucht wie eine Unterwasserwelt aus. Man sieht den Picknicktisch aus Stein und das Stromhäuschen mit den Spinnwebverzierungen, die durch das Nachtsichtgerät wie Zuckerguss aussehen. Es regnet. Nichts bewegt sich.

Alle paar Sekunden guckt David auf sein Fairphone, ob eine SMS oder ein Anruf von Bibi kommt. Kommt aber nix.

«Wenn mein Bruder das Geld abgelegt hat, gehen wir noch nicht gleich runter, Küwi. Wir holen es uns erst, wenn er weggefahren ist!»

«Ist doch klar.»

Man wartet. Und dann kommt das große schwarze Auto. Es fährt ganz selbstverständlich auf die Haltebucht, als sei es das normalste Auto der Welt. Man wagt kaum zu atmen. Der Fahrer steigt aus. Er stellt zwei große Taschen auf den Tisch. Dann steigt er wieder ein.

Und dann kommt noch jemand.

Ingrid

Frech zu glauben, dass sie es vor ihr verheimlichen könnten. Hundertprozentig hat Ingrid die Situation zwar noch nicht durchblickt, aber sie hat in Küwis Häuschen einen Lageplan gefunden mit der Überschrift *Geheimplan Geldübergabe 24 Uhr*. Deshalb ist sie hier. Vor ihr befindet sich ein Geländewagen, und daneben steht ein fremder Mann in einem Agentenmantel und starrt sie an wie einen Geist. Er stammelt, dass er etwas gelernt habe. Dass er nicht weitermachen wolle wie bisher. Dass er David retten werde. Was soll das?

Ein schräges Bild setzt sich zusammen. Der fremde Mann ist dünner und bleicher, aber er hat ähnlich intensive Augen. Davids Bruder? Der ihn immer so geärgert hat? Aber egal, ob diese Psychogeschichten, die David erzählt hat, stimmen – es kann nichts Gutes bedeuten, wenn Küwi Geheimpläne zeichnet, auf denen *Geldübergabe* steht.

Also: stören.

Dass sie im Bademantel erschienen ist, scheint hilfreich zu sein. Es erzeugt eindeutig Irritation. Der Mann vor ihr heult.

Küwi

Davids Fairphone vibriert, Bibi ist dran, und David flüstert mit ihr. Das Geld sei da, ja, es liege da unten auf dem Tisch. Allerdings seien gerade zwei Menschen auf die Haltebucht–

Er bricht ab. Bibi hat anscheinend aufgelegt.

Und was da unten vorgeht, ist auch absolut falsch. Drei bläulich schimmernde Figuren stehen inzwischen vor dem Auto auf der Haltebucht. Polizisten scheinen es nicht zu sein, die würden sich kaum einfach so da hinstellen.

Käse.

«KÜWI! WAS PASSIERT?»

Ein Motorrad rast auf die Bucht. Ein Schrei.

Da ist eine bläuliche Figur, die hebt das Motorrad wieder auf. Und da ist noch eine Figur, und die nimmt eine der Taschen vom Picknicktisch. Dann steigt sie hinten auf das Motorrad. Und die beiden Figuren rasen wieder weg. Und die anderen, die da auch nicht hingehören, sind weiter da.

«WAS IST DA PASSIERT, KÜWI? IST JEMAND VERLETZT?»

Was? Man nimmt das Nachtsichtgerät ab, weil einem plötzlich der Kopf ganz heiß wird. David ist schon die

Sprossen runter. Man steigt ihm hinterher. Das Scheinwerferlicht vom Auto leuchtet auf die Haltebucht. Ein Körper ist da, und jetzt liegt er auf dem Boden, und das ist Sebastian van Geelen, wenn einen nicht alles täuscht. Der liegt da übel verdreht. Aber seine Augen sind auf, und er sieht seinen Bruder, weil David jetzt bei ihm kniet. Und dann sieht man, wie das Bewusstsein aus dem Sebastian van Geelen rausgeht. So ganz langsam. In drei oder vier Atemzügen. Sein Gesicht wird blass. Sein Kopf dreht sich seitlich weg.

«SCHEISSE! Was machen wir denn jetzt? Krankenwagen? KÜWI!»

Das ist Ramafelene. Der hier eigentlich gar nichts zu suchen hat. Er hat sein Handy draußen und sieht aus, als wollte er sich die Haare ausreißen.

Krankenwagen ist jetzt schlecht. Weil Sebastian van Geelen doch seinen Bruder gesehen hat. Andererseits: Was sonst? Was soll man sonst mit dem Sebastian van Geelen machen?

Käse.

Man weiß es nicht.

10

EIN BERGEDORFER MÄDCHEN MACHT SICH KEINE ILLUSIONEN

Die folgenden Tage, Deutschland/Polen

Bibi

Bibi sitzt auf dem Motorrad und hält sich an Ammon fest, Fahrtwind bläst ins offene Visier. Die Tränen laufen ihre Schläfen entlang und bleiben als warme Pfropfen in ihren Ohren liegen. Sebastian van Geelens Schrei klingt in ihr nach. Es war nichts Persönliches darin, keine Stimme, der Schrei hat wie der Schmerz selbst geklungen, ohne Person. Horror.

Als Ammon das erste Mal hält, brennt das Morgenrot in ihren Augen. Er sagt, er habe ja nicht wissen können, dass da tausend Leute im Weg rumstehen. Aber sie solle sich keine Sorgen machen, sicher hätten die einen Krankenwagen gerufen. Sie sollten nun in dem Wäldchen dort kampieren.

Bibi folgt ihm, froh über die Klarheit in seiner Stimme. Sie breiten ihre Isomatten hinter dem Lärmschutzwall zwischen ein paar Birken aus. Ammon macht Feuer. Während er in die Sporttasche schaut und ungläubig den Kopf schüttelt, wischt sie sich die Tränen ab. Tränen, Tränen, Tränen, es reicht ihr langsam, seit Ramafelenes Verrat ist sie fast nur noch am Heulen. Aber nicht in Ammons Gegenwart. Das hätte eigentlich so bleiben sollen.

Er sagt, es müssten tatsächlich zwei Millionen Euro sein. Das klingt wie Quatsch, wie Quatsch sieht es auch aus, wie Spielgeld, so unecht, dass sie Schwierigkeiten hat, sich angemessen zu freuen. Ammon geht auf und ab und schüttelt den Kopf, er wiederholt die Zahl wie einen besonders schönen Vers. Dann nimmt er seine Augenklappe ab, wirft sie ins Feuer und lacht. Die brauche er jetzt nicht mehr, sagt er. Wie ein sterbender Fisch windet sich die Augenklappe in den Flammen.

«Du wirst dich auch noch freuen, wenn du es richtig begriffen hast, Bibi. Soll ich dir was vorlesen, damit du einschlafen kannst?»

Sie schüttelt den Kopf.

«Wirklich nicht? Zur Beruhigung? Etwas aus deinem Tunesien-Reiseführer?»

Sie sagt, den solle er wegschmeißen, und das macht er. Das Cover wirft grüne Bläschen im Feuer.

Irgendwann später versucht sie zu schlafen, aber es ist kein Denken daran. Im Herumdämmern hört sie, wie Ammon doch vorliest, Gedichte auf Persisch, und das hört sich zumindest erträglich an, und sie konzentriert sich darauf, der Stimme zu folgen.

Er sagt, in den Gedichten gehe es um Mondschein und Liebe, so wie in manchen deutschen Gedichten auch, nur dass diese hier viel älter seien als alle deutschen, die es gibt. Es gehe in den Gedichten um Hoffnung. Und die müssten sie beide jetzt auch haben. Hoffnung, heiße es in einem der Gedichte, sei berauschend wie Wein!

Sie muss an Birkenspaghetti denken. An das gemeinsame Feuerholzsammeln und wie behutsam Ramafelene einen Hirschkäfer auf die Hand genommen hat. An seine aufrichtig interessierten Augen, wenn sie erzählte.

Autos rauschen vorüber.

Gefühlte zwanzig Millionen pro Nacht.

Satelliten blinken mitten im nackten All. Zwischen Ammon und ihr steht die prallgefüllte Sporttasche, jede Nacht aufs Neue. Die Tage sind momentan so seltsam, sie kann sich gar nicht vorstellen, sich von Ammon zu trennen.

Obwohl es wirklich langsam Zeit wird, findet sie.

Einmal steht Ammon an einem Fluss im fleckigen Sonnenschein. Er wäscht seinen knochigen Oberkörper, den man wirklich nicht hübsch nennen kann. Aber es ist gut, dass er Holz sammeln geht, dass er ein bisschen survivalmäßig zu sein versucht, ein bisschen wie Ramafelene, weil sie von ihm erzählt hat. Es zeigt, dass er ihr zuhört.

Er schleppt einen Fischotter an, der von einem größeren Tier getötet wurde. Er versucht, ihn zu grillen, aber das Fleisch sieht bläulich aus. Bäh.

«Vielleicht sollten wir mal bei McDonald's anhalten?»

«Noch nicht. Erst wenn wir weiter weg sind. Die Scheine sind bestimmt registriert oder so was.»

Sie fahren. Die Tage verschwimmen. Zwei Nächte kampieren sie unter dem Blechdach einer großen verlassenen Halle. Auf dem Dach befindet sich ein riesiges Toys"R"Us-Logo, und sie erinnert sich, mal da gewesen zu sein, aber dann fällt ihr ein, dass wohl alle Toys"R"Us-Filialen der Welt fast gleich aussehen, so wie überhaupt alle großen Firmen der Welt überall gleich aussehen.

Und als sie an Konzerne denkt, denkt sie an Davids Familie, und als sie an David denkt, muss sie an Optimismus denken. Das ist gut.

«Ammon. Hör mal. Ein Außerirdischer kommt mit einem Raumschiff in die Nähe der Erde und sieht sich das ganze Spektakel an. Er hält die Menschen für unglaublich nett, und weißt du, warum?»

«Nein.»

«Weil er sieht, was sie die ganze Zeit machen.»

«Was machen sie denn?»

«Sie backen Brötchen für Menschen, die sie nicht kennen. Sie fahren andere irgendwohin. Sie bauen Krankenhäuser, und jeder, der krank ist, darf da rein. Der Außerirdische sieht nicht, dass sie dabei Zettelchen tauschen. Zettelchen und Metallstückchen. Oder Kärtchen vorzeigen.»

«Und dann?»

«Und dann fliegt er wieder weg.»

«Aha.»

«David hat mir das erzählt. Er sagt, wir tauschen Zettelchen und Metallstückchen, aber eigentlich wollen wir zusammenarbeiten. Geld ist quasi nur ein Trick für den Übergang. Bald werden wir ganz darauf verzichten können. So in dreihundert Jahren. Und weißt du, was dann passiert?»

«Was passiert dann?»

«Dann passiert etwas ganz anderes. Dann sehen Wissenschaftler, dass in unendlich weiter Ferne ein riesiger Komet im Anmarsch ist. In hundertachtzig Jahren wird er die Erde zerstören. Sie sehen es so lange vorher schon, aber es gibt keine Lösung, weil er so groß ist. Und das sagen sie der Welt.»

«Und was sagt die Welt?»

«Die ist angepisst. Eine Zeitlang hat keiner Bock auf irgendwas. Wobei es komischerweise auch ein bisschen wie immer ist. Weil: In hundertachtzig Jahren sind ja schon alle tot. Sogar die Kinder, die man vielleicht noch kriegt, sind dann tot. Und so ist es einfach deprimierend, und alle sind ein bisschen egoistischer.»

«Und dann?»

«Dann präsentieren die Wissenschaftler doch noch einen Plan. Man kann mit einer atombombenbetriebenen Rakete ein paar hundert Menschen auf einen erdähnlichen Planeten schießen. Das Problem ist, dass die Rakete total schwierig zu bauen ist. Es geht nur, wenn die gesamte Weltbevölkerung alles gibt für das Projekt. Aber auch dann können nur ein paar hundert hochgeschickt werden. Und die wären dann noch mal hundertfünfzig Jahre unterwegs und müssten auf der Reise Kinder kriegen.»

«Nur ein paar hundert. Das heißt, die Superreichen kaufen sich ein.»

«Eben nicht. Erstens gibt es kein Geld mehr, wegen der ersten Geschichte. Zweitens ist reich oder nicht reich in dem Fall egal. Sowieso erst die Kinder der Kinder der Kinder der Kinder würden auf dem anderen Planeten wieder ein vernünftiges Leben führen können. Es ist also superabstrakt.»

«Superabstrakt. Was passiert dann?»

«Erst herrscht nachdenkliche Stille auf der Erde. Und dann beginnt plötzlich ein Feuer zu brennen, also in den Herzen. Man will das. Man möchte dem Asteroiden den Stinkefinger zeigen. In Amerika beginnt eine Stadt namens Starship City zu entstehen. Alle Menschen, die etwas beitragen können, pilgern dorthin. Kinder werden geboren und lernen in der Schule, dass es nur ein Ziel gibt auf diesem Planeten: die Menschheit retten.»

«Wird sie gerettet?»

«Wowowowoh … nicht so schnell! Erst mal ist es so, dass ein großes Wir-Gefühl da ist, ein Anti-Asteroiden-Gefühl, das alle vereint. Deshalb fiebern alle mit, als es darum geht, die Kandidaten zu züchten, die auf den anderen Planeten hochgeschossen werden sollen. Die müssen nämlich über drei Generationen aus superfitten Sportlern und Genies gezüchtet werden, damit sie die Reise auch verkraften und superfitte Kinder kriegen. Sie werden außerdem mit speziellen Hartnäckigkeitsgenen ausgestattet, weil die Reise so anstrengend sein wird. Supermenschen entstehen. Und alle feiern diese Supermenschen. Sie sind die Gesandten. Zehntausend an der Zahl.»

«Und dann?»

«Und dann kommt der Komet doch schon früher. Und alle sind tot. Meiner Meinung nach. Bei David ging es anders.»

Wenn sie abends auf ihren Isomatten liegen, stellt Ammon die Sporttasche neuerdings nach hinten. Sodass nichts mehr zwischen ihnen ist. Er rückt näher und näher, während er irgendwas rezitiert. Noch immer riecht er nach Kentucky Fried Chicken. Aber wenn sie die Augen schließt und versucht, nicht an Huhn zu denken, kann sie sich vorstellen, er röche nach warmem Moos. Oder nach Knetgummi, nach warmem Knetgummi. Nicht schlecht.

«Ich würde dir gern auch was erzählen. Wie wir abgelehnt wurden. Und trotzdem geblieben sind. Und wie wir zu sechst auf dem Dach wohnten und wie keiner Deutsch konnte, nur mein Vater ein wenig. Mein Vater hatte eine Geschichte auswendig gelernt, von der es hieß, mit der könnte man vielleicht doch noch bleiben, wenn man sie auf dem Amt erzählt. Aber dann hat er sie erzählt, und es hat nichts gebracht. Weil wir schon abgelehnt waren.»

«Ja?»

«Ja. Aber du willst ja nicht, dass ich das erzähle. Du willst ja nicht, dass ich überhaupt was erzähle.»

«Doch. Nein. Ich will nur nicht so tun, als würde es mich interessieren. Also mehr, als es mich in Wirklichkeit interessiert. Weil, ich bin Einzelgängerin.»

«Dann erzähle ich nichts. Dann erzähle ich dir am besten auch gar nicht erst, wie …»

Die Sterne sind winzig. Ammons Vater hat sich mit einer deutschen Pennerin eingelassen. Die fand Ammon nett. Und einmal hat Ammon einen Geigenkasten mit Geld drin von einem Straßenmusiker geklaut, das bereut er bis heute.

So was erzählt er.

Indem er es nicht erzählt.

Er erzählt, indem er erzählt, was sie lieber nicht hören wolle. Das ist manchmal ziemlich witzig. Und letztendlich auch nicht uninteressant. Sie hat ihn ja vorgewarnt, dass sie nicht immer *Ach!* und *Och!* sagen wird.

Die Nächte werden windig; der Wind bläst von den mondbeschienenen Hängen und bringt klebrigen Regen, sodass man was zum Trockenbleiben finden muss. In der

Niemandslandschaft neben der Autobahn bauen sie sich eine Hütte, das kann Ammon gut. Sie sitzen drunter, und Bibi erzählt von Küwi. Und Wendy. Und von *Tolle Wolle*. Und von Ludwig.

«Du hast immer noch ein schlechtes Gewissen. Das zeigt, dass du kein schlechter Mensch und keine Einzelgängerin bist.»

«Natürlich hab ich ein schlechtes Gewissen, wir haben denen quasi die Butter vom Brot genommen!»

«Sie haben zwei Millionen für sich.»

«Ja. Immerhin.»

Sie fahren. Wolkige blaue Blumenfelder wogen zu den Seiten der Straße. Beim Fahren schlingt Bibi ihre Arme fest um Ammons Bauch und legt den Helm an seinen Rücken, und dann wackelt der Kopf sanft im Helm, und das ist angenehm betäubend. Sie fragt sich, was wohl hinter den Türen in den Lärmschutzwällen liegt. Sie erinnert sich an nächtliche Urlaubsfahrten und wie sie Stiefvater Nummer 6, den sie mochte, dieselbe Frage stellte: Was ist hinter den Türen?

Sie fahren an Raffinerien vorbei, die kalt wie nächtliche Zukunftsstädte glimmen. Im Morgengrauen stehen Hochhäuser, die aussehen wie aus Pappe. Da sind sie schon in Polen.

«Hinter den Türen im Lärmschutzwall liegt nichts. Es sind einfach Türen. Für Bauarbeiter, nehme ich an.»

«Das weiß ich auch. In der Realität. Warum sagst du das, Ammon?»

«Du hast gesagt, dass ich nicht immer tun soll, als wär ich ein Dichter. Deshalb sage ich etwas Realistisches.»

«Find ich auch nicht gut.»

Schön ist die Gegend, durch die sie fahren, nicht. Ewigkeiten geht es an einer Hüttensiedlung entlang, die eigentlich exakt so aussieht wie die in Osdorf. Ammon schreit im Fahren nach hinten, dass er ihr nicht erzählen wolle, wie er seinen Vater im Wald verbuddelt hat. Er wolle ihr nicht erzählen, dass das sehr traurig gewesen sei.

Sie schreit, sie wolle ihm erzählen, dass sie das nicht interessiere, aber eigentlich interessiere es sie ein bisschen.

Dann geht es weiter: Hütte, Hütte, Hütte. In solchen Siedlungen nehmen sie Abtreibungen mit Kleiderbügeln vor, das weiß sie aus einer Doku. Im Vorbeifahren erkennt sie nur einen Mann, der eine Mandarine isst.

«MEINST DU, MAN KANN WAS MACHEN, DAS EINEM EIGENTLICH NICHTS BRINGT?»

«WAS?»

«MEINST DU, MAN KANN WAS MACHEN, UND ES BRINGT EINEM ABER EIGENTLICH NICHTS?»

Sie halten. Es ist der x-te Fluss, in dem Ammon Klamotten wäscht. Die Polder oder so. Oder die Bober oder was. Bisher hat er immer sowohl seine als auch ihre Klamotten gewaschen, aber jetzt sagt er, sie soll selber waschen, sie sei ja maximal faul.

Während er doch noch mal alle Klamotten wäscht, geht sie zur Tankstelle rüber. Sie hat Angst vor den Gesichtserkennungskameras, die es neuerdings geben soll und die einen *weltweit* verfolgen, aber es ist eine kleine Tankstelle, die nicht gerade einen Hightech-Eindruck macht. Sie kommt mit einer Tüte voll Käsebrötchen, Bifis und einem Motorradmagazin für Ammon zurück. Der Horizont ist ein orangefarbener Streifen. Eine unbekannte Kleinstadt zeichnet sich ab. Auf dem Feld davor liegt ein Heuballen, an dem ein McDonald's-Schild lehnt, als heiße das Städtchen McDonald's.

«Ich sag dir jetzt was. Ich werde die Hälfte meines Anteils an Penner verteilen. Das ist es, was ich damit sagen wollte.»

«Womit?»

«Na, mit dem, was ich gestern gesagt habe. Ich mach was, und es bringt mir nichts. Und ich beweise damit, dass das geht. Es gibt etwas Größeres als einen selbst. Deshalb mach ich das.»

«Sicher?»

«Nein. Ich wills nicht wirklich machen. Ich mein ja nur, als Idee. Wärs nicht krass?»

Er hält ihr ihre gewaschene und gefaltete Wäsche hin. Sie gibt ihm eine Bifi und isst selber eine. Er blättert im Motorradmagazin.

«Bibi. Wir sollten ein Haus kaufen. Von einem, der keine Fragen stellt. Und dann dort bleiben.»

Bibi schließt die Augen. Sie steht mit ihrer Bifi auf einer Wiese auf irgendeinem Fleck, und vielleicht gibt es jemanden, stellt sie sich vor, der auf einem anderen Planeten in diesem Moment genau so dasteht. Mit minimalen Abweichungen. Die Bifi heißt zum Beispiel nicht Bifi, sondern Xirxir. Und vielleicht ist es auch gar keine Bifi, vielleicht ist es ein veganes Würstchen, weil sie auf dem Planeten schon so sind, wie David das gern hätte.

Ammon redet über das Haus, das seines Erachtens gar nicht groß sein müsste. Er blättert in der Zeitschrift.

Und Bibi stellt sich vor: Die Türen im Lärmschutzwall führen zu diesem anderen Planeten, auf dem schon alle vegan sind und türkisfarbene Klamotten tragen. Denn es geht immer weiter, es kann nicht hinter den Türen einfach Schluss sein.

David würde das bestimmt auch so sehen. Und obwohl sie ihn betrogen hat, richtig beschissen sogar, würde er sich bestimmt freuen, wenn sie zuversichtlich ist, trotz allem.

Sie fahren.

Bibis Kopf ruckelt im Helm hin und her.

11

MÖHREN FÜR DIE FRÜHJAHRSERNTE

Oktober

Sebastian

In Hamburg-Eppendorf gibt es ein Privatkrankenhaus. Es befindet sich in einem hübschen, efeuumrankten Jahrhundertwendehaus, umgeben von anderen hübschen, efeuumrankten Jahrhundertwendehäusern. Der Himmel vor dem Fenster ist knallblau; ein Papierdrachen zieht vor den Scheiben hin und her. Doch dem Mann, der da liegt, erscheint trotz des Tageslichts alles dunkel. Die Streifen der Stoffjalousien bewegen sich verzögert, als seien sie schlecht animiert, wie die frühen Computerspiele seiner Mutter. Grauenhaft, wie die Äste an die Scheibe klopfen. Grauenhaft, wie die Welt sich dehnt und dreidimensional werden will durch die Geräusche. Die Welt. Ein Rubik-Würfel. Etwas, das der Mann lieber zur Seite legen will, aber es lässt ihn nicht.

Sein Name fällt ihm nicht ein.

Er wird in den OP-Saal geschoben. Fein definiert und widerwärtig liegt das OP-Besteck auf einem Aluminiumtisch. Das Licht ist hart und kastenförmig an der Decke. Die Vollnarkose kriecht brennend den Arm hinauf; sie boxt im Geäst der Adern herum, als hätte sie Spaß dran, den Mann von innen zu quälen. Gleichzeitig spricht eine nahe Stimme. Sie sagt den Namen, Sebastian, der ihm immer wieder entfällt. Dann gleitet die Stimme weg.

Und im Entgleiten der Stimme entgleitet dem Mann der eigene Körper und dann der Geist, und dann ist eines von beiden wieder da. Aber nur zur Hälfte.

Der Mann denkt: Gebt mir mein Bein zurück. Wo ist mein Bein, he! Und dann: Ach so, da ist ja mein Bein. Beide Beine sind da.

«Sebastian. Wir alle machen Fehler.»

Ein Doktor. Er ist irgendwann über ihm. Sein Gesicht ist sehr aufgeräumt und kantig-hübsch, wie auf einem Werbeplakat. Sebastian hebt den Kopf, um etwas zu sagen, aber er hat keine Stimme – und schon wird er schaukelnd zu einer weiteren Behandlung geschoben. Diesmal muss er lange Zeit in einer Röhre ausharren, er bekommt eine Brille aufgesetzt, die ihm vorspiegelt, er befinde sich in einem weiten, weiten Raum. Eine Lichtscheibe bewegt sich innerhalb der Röhre. Er beschwert sich, er sagt: Moment! und: Nein! Aber offenbar ist es so, dass er nicht ernst genommen wird, alle Gesichter sind fern und belächeln ihn sanft.

Anschließend ist er wieder in seinem dunklen Zimmer. Seine Mutter und sein Bruder sind bei ihm, wenn er sich nicht täuscht. Sein Bruder redet leise und so, als sei er traurig. Die Kindererziehung müsse in staatliche Hand. Familien würden nur Unglück erzeugen. Das sehe man ja an ihnen beiden.

Sebastian versteht nicht. Er weiß nicht, worauf sein Bruder sich bezieht. Der Raum wird enger und enger.

Beim Erwachen hat er das Gefühl, siebzehn oder achtzehn Jahre alt zu sein. Oder einunddreißig. Er läuft durch ein Leben, er versucht, einen Rubik-Würfel so zu drehen, dass alle Seiten einfarbig werden. Aber immer kommt an einer Stelle wieder ein Termin raus. Eilig, eilig, eilig. Weil es so viel zu arbeiten gibt. Weil so viel abgearbeitet werden muss. Aber jetzt wird er in den Ruhestand gehen. Wollte er nicht in den Ruhestand gehen?

Er erinnert sich an Gespräche mit einem Gelbhaubenhabicht. Er erinnert sich an Gespräche mit einer Echse. Aber diese Mutter, die jetzt da ist, endlich, ist zum Sprechen besser.

«Mutter? Ich bin auch ein Künstler. Denkst du nicht?»

«Die Ergebnisse sind besorgniserregend.»

Der Doktor ist da. Sein Gesicht ist wild. Er hat einen Bartschatten und Segelohren. An der Wand hängt eine Uhr mit einer roten Nase, als wäre es eine Kinderstation, aber es ist keine Kinderstation, dafür sind die Stimmen zu belegt. Die Aufnahmen von seinem Gehirn werden allgemein zur Kenntnis genommen. Seine Mutter legt ihm eine raue Hand auf die Stirn.

«Ich bin da. Ich sitze hier, Sebastian.»

Zum Essen gibt es Salat und Gemüse, wenig Fleisch, viele Vitamine. Sein Bruder ist auch wieder da, und wieder spricht er zu leise. Sebastian ermahnt ihn, normal zu sprechen. Er sieht keinen Grund, warum sein Bruder nicht normal mit ihm reden sollte. Was ist denn mit dem los?

Seine Mutter sagt irgendwas. Sie sollten einander verzeihen?

Sebastian ärgert sich darüber, er versteht es nicht. Er schimpft.

Seine Mutter legt ihren Zeigefinger an die Lippen.

Küwi

Man schleicht um die Tür des Ladencafés, in dem Ramafelene seit zwei Wochen wohnt. *Wohnt.* Verschanzt hat er sich, er schläft im Hinterraum und kommt gar nicht mehr raus. Als wäre das Laca sicherer als sein Zimmer. Und als hätte man nicht selber Angst vor der Polizei. Als gäbe es nicht trotzdem Arbeit zu erledigen!

Wenn man klopft, geht das Tor einen Spalt weit auf. Ramafelene gibt einen nagelneuen, glatten Hundert-Euro-Schein heraus. Dann sieht man erst wieder etwas von ihm, wenn das Pizzataxi wieder abgefahren ist. Er streckt den Kopf aus der Tür. Seine Augen sind klein. Einmal Spinat. Und die Tür geht zu.

«RAMAFELENE? ICH WERD DANN AUCH MAL ESSEN. UND DEN TEICH ENTSCHLACKEN. UND MIT MARK IN DIE STADT, EINEN NEUEN RASENMÄHER KAUFEN. UND DEN KOMPOST VERLEGEN. UND ALL DIESE DINGE, DIE JA WEITERGEHEN MÜSSEN, NICH?»

«JA. DANKE.»

«ICH HOFFE, DU KOMMST DADRINNEN ZURECHT?»

«JA.»

Jeden Tag muss man Pizzas bestellen, weil Ramafelene ja nicht mehr kocht. Und jeden Tag wird die Pizza kalt, weil man selber vor lauter Arbeit nicht zum Essen kommt. Am Morgen fertigt man To-do-Listen an, dann arbeitet man sie ab. Man stopft die Wäsche in die neu angeschaffte Waschmaschine, man bessert die Dächer aus und putzt die Klos. Man löscht die Entschuldigungs-SMS von der Verräterin. Glücklicherweise hat Ramafelene sein Handy draußen liegen lassen, es würde ihn jetzt nur zusätzlich fertig machen, das zu lesen.

Weitere To-dos: Aus den Regenrinnen das Laub rausklauben. Die schaumigen Nacktschneckeneier von den Salatköpfen schaben. Kastanien sammeln, damit Kastanienmännchen gebastelt werden können. Das ist wichtig! Zum einen weil den Bewohnern ein Bezug zu den Jahreszeiten vermittelt werden soll, zum anderen weil sie abgelenkt werden müssen. Wendy fängt schon an, nervös durch das Plexiglasfenster ins Laca zu äugen. *Was macht denn der Ramafelene die ganze Zeit dadrinnen, ist irgendwas passiert?*

Man beruhigt sie und schickt sie weg. Man beruhigt sich selber, indem man sich sagt: David hat sicher alles geregelt. Er wird seinen Bruder im Krankenhaus besucht und alle Schuld auf sich genommen haben. So hat er es ja versprochen.

«WARUM MELDET ER SICH DANN NICHT? WARUM IST ER NICHT ZU ERREICHEN, WENN ALLES GUT SEIN SOLL?»

«MEINE PIZZA IST KALT, RAMAFELENE. IMMER WIRD MEINE PIZZA KALT, WEIL ICH HIER MIT DIR SCHREIE.»

Es ist Herbst. Rasenmäher-Mark fährt auf seinem neuen Rasenmäher durch die Gegend. Der sieht ein bisschen Raumschiff-Enterprise-mäßig aus. Er hat einen chromfarbenen Heckauswurf, außerdem ein richtiges Kupplungsgetriebe, was dazu führt, dass Mark sich beim Schalten übertrieben heftig bewegt, der Kupplungsholm überfordert ihn irgendwie. Er rotiert in seiner Sitzschale, er verfährt sich im Gestrüpp, er würgt den Motor ab. Da muss man dann dazukommen. Da muss man dann den Rasenmäher aus dem Gestrüpp befreien und Mark auf die Schulter klopfen. Man muss sich ein bisschen wie ein Chef verhalten, weils sonst keiner macht.

Wendy zeigt man, wie man den Herbstkohl erntet. Ludwig zeigt man, wie man Pong auf dem Fairtablet spielt. Das ist das einfachste Spiel, was man im Internet finden konnte, und irgendwas sollte er ja auch tun können mit seinem Fairtablet. Insgesamt muss man sagen, dass Ludwigs Hände zu groß sind fürs Internet, aber Pong schaut er sich zumindest an, er sitzt ziemlich lange da und schaut freundlich auf das Fairtablet drauf, und wenn man dann dabeisitzt und mit ihm redet, wirkt er zufrieden.

Für die nächsten Wochen merkt man sich vor: Unbedingt den neuen *Deep Target*-Metalldetektor mit der Tiefensonde ausprobieren, den man im Internet bestellt hat, dazu ist man noch gar nicht gekommen. Und: Noch mal nach Meldungen suchen, in denen einer sich freiwillig hat verhaften lassen und Seapunk-Parolen verbreitet. Bisher hat man noch nichts gefunden. Es ist, als hätte es Sydney Seapunk nie gegeben! Im Facebookchat ist er auch nie online.

Kurzerhand ruft man in mehreren Krankenhäusern an. Man will sich selbst und Ramafelene die Sorgen nehmen. Man ruft von der Telefonzelle aus an, damit der Anruf nicht zurückverfolgt werden kann. Müller, so meldet man sich. Man sagt, man ist der Mann, der den Krankenwagen für Sebastian van Geelen gerufen hat, nach dem zufälligem Unfall, den es gab. Man ist ein Freund von dem dicken Mann, der mitgefahren ist – und will sich einfach mal erkundigen, wie es ihm geht. Ist er tot?

Bringt nichts. Die Menschen am Telefon sagen, dass sie nichts sagen dürfen.

Nassgeschwitzt zurück. Kastanien sammeln.

Ob man vielleicht mit Ingrid darüber reden sollte? Warum tut die eigentlich, als hätte sie gar nichts mitgekriegt? Sie sitzt vor ihrem Häuschen im Schaukelstuhl und dreht mit den Fingern den Kettenanhänger hin und her, den sie von David geschenkt bekommen hat. Komisch, wie abwesend sie ist. Dick in ihre Thermojacke eingepackt, mit dieser gruseligen Glatze, die sie sich immer neu rasiert. David fand, sie sehe positiv ungewöhnlich damit aus, aber man selber findet das nicht. Gerade im Nacken ist es komisch, mit so einer Falte, als wäre sie ein dicker Boxer.

Manchmal schnitzt sie an ihren alten Marionetten. Manchmal blättert sie in den Collagen, die David ihr ausgedruckt und als Heftchen zusammengetackert hat. Wenn man dazukommt, legt sie das Heftchen schnell weg, aber man sieht schon, dass sie es eigentlich ganz gern anschaut.

«Küwi. Wenn Ramafelene partout nicht rauskommen

will, hilf du mir bitte. Wir müssen die Möhren für die Frühjahrsernte säen. Das steht schon lange an.»

Und da hat sie recht. Man sät die Möhren für die Frühjahrsernte.

Sebastian

Ein Mann trifft auf eine Neurologin, und die Neurologin fragt ihn, wo er sich befindet. Der Mann kann es nicht mit hundertprozentiger Sicherheit sagen. In einem Krankenhaus? In einem Zimmer? Auf einem Bett? Auf einem Kontinent?

Er denkt sehr lange und gründlich darüber nach, aber die Frage ist so wenig präzise. Die Neurologin im weißen Kittel, die ihm jetzt jeden Tag Fragen stellt, um ihn zu testen, wirkt enttäuscht.

Vor dem Fenster saust ein weißer Papierdrachen immerzu hinauf. Huii, huii, wie ein Gespenst.

«Gerinnsel. Wir müssen das beobachten.»

Der Mann hält sich an der Einnahme einer bitteren, violetten Flüssigkeit aus einem Fingerhut dreimal täglich fest. Es ist eine stabilisierende Tätigkeit, und einmal sagt ihm ein alter Mann im Flur, er nehme jetzt auch Medikamente und es sei für ihn wie ein Gebet. Er sage jedes Mal *Amen*, wenn er das Zeug exe.

Sebastian lacht.

Der Schrecken verliert für eine Weile an Präzision, wenn er das Zeug getrunken hat, das ist gut. Im Fernsehen kann man sich dieser Tage weiche Sportarten ansehen – Tennis, Golf –, mit entspannten Sportlern, die sich sehr langsam bewegen. Sebastian ist aber vor allem auf seine Mutter konzentriert, auf die alte, wiederauferstandene Mutter, die im Besucherstuhl zu wohnen scheint.

Auch sein Bruder ist wieder da, sie sitzen an seinem Bett und sehen zum Golfplatz hoch. Sebastian stellt fest, dass er am intelligentesten rüberkommt, wenn er immer nur kurze Sätze sagt. Er sagt: Ha, jetzt hat er den Ball eingelocht! Ha, sie spielen Tennis!

Als Bruder und Mutter kurz fort sind, kommt wieder die Neurologin mit ihren Tabellen, Graphiken und Rätseln. Welches Wort nicht in folgende Reihe gehöre, soll er sagen. Montag, Dienstag, Mittwoch, Blattspinat.

Blöde Frage, findet er. Wenn es donnerstags immer Blattspinat gibt, ist Blattspinat richtig, wohingegen der Dienstag absolut falsch wäre, wäre der einzige Tag, an dem ein Besucher nicht kommt, ebenjener.

«Sie müssen die Frage noch mal überdenken.»

Sebastian schläft. Sebastian stellt fest, dass sein Vorname manchmal da ist und manchmal wieder nicht. Und manchmal kann er phantastisch denken und manchmal unterirdisch schlecht.

Seine Mutter sitzt jetzt auch frühmorgens, wenn er aufwacht, schon an seinem Bett, sie ist fast durchgehend da. Sie wirkt nachdenklich. Sie spricht davon, dass sie Fehler gemacht habe in ihrem Leben. Und dass sie froh sei, dass sie nun hier sitze und klüger geworden sei durch die Gespräche mit ihm. Manchmal ist er sich kurz unsicher, ob sie es auch wirklich ist, aber dann schaut er sie an, und da sitzt sie ja: mit ihrer Glatze, mit ihrem türkisfarbenen Kettenanhänger. Und wieder legt sie ihre raue, raue Bärentatze auf seine Stirn.

Ingrid

Ingrid dreht ihre tägliche Runde durch den Eppendorfer Privatkrankenhausgarten. Was es alles gibt. Da redet sie mit diesem vollkommen fremden Mann in Zimmer 403, der offenbar annimmt, sie sei seine Mutter, und zunehmend fühlt es sich für sie selber so an. Wie bei einer Familienaufstellung, in die man unversehens viel zu tief hineingerät.

Darauf muss sie immer erst mal eine rauchen.

Der Garten ist hübsch. Die Beete sind von runden, exakt gleich großen Steinen umrandet. Das wirkt zwar fast ein wenig zu aufgeräumt, aber nach hinten hin wird der Garten zerfranster, sogar etwas Greiskraut wächst dort außerhalb der Beete. Es ist eine gute Mischung, und es erinnert sie an die Zeit, in der sie sich gartenmäßig richtig begeistern konnte. Viel zu lange hat das krause Hippie-Gestrüpp des Sonnenhofs ungestört vor sich hin gewuchert. Das muss sich ändern. Da wird sie wieder mehr drauf achten.

Sie zündet sich eine an. Ein Arzt im engsitzenden Kittel schlendert grüßend vorbei. Neben ihm geht Sebastian van Geelens Neurologin Beatrice, mit der zickigen kleinen Nase. Der Doktor heißt Justus Kneifer. Sie staunt, dass sie schon so vertraut ist mit den Leuten.

David sitzt am südlichen Ende des Gartens unter der Blutpflaume, die in den letzten Wochen sein Selbstmitleidsbaum geworden ist. Neben ihm steht ein großer türkisfarbener Wanderrucksack. Er wischt auf seinem Fairtablet rum.

«Wuhan. Ich werde nach Wuhan fliegen und eine ungerichtete Organspende machen. So nennt man das, wenn der Spender den Empfänger nicht kennt. Und weißt du, was das Überraschende ist? Mit einer ungerichteten Organspende rette ich nicht ein, sondern vier Leben. Oder mehr!»

«Ach.»

«Es gibt weltweit Millionen Menschen, die gerne spenden würden für einen Angehörigen. Aber oft passen die Organe nicht zusammen. Wenn jetzt ein ungerichteter Spender kommt, kann er eine Kettenreaktion auslösen. Ich spende an A, A spendet dafür an B, und so weiter. Vier Leben auf einen Schlag. Stell dir das mal vor!»

«Mhm.»

«Die Effektiven Altruisten empfehlen das sehr. Tolle Leute. Und in Wuhan kann man gleich noch ein Stück seiner Leber und Knochenmark dazugeben. Die sind da unkomplizierter. Hier wird erst mal genauestens überprüft, ob du auch zurechnungsfähig bist.»

«Bist du das denn?»

«Inge. Ich habe eine Schuld auszugleichen!»

«Dann mach das. Rette diese vier Leute.»

«Außerdem hab ich Kontakt zu einer globalistischen Hackergruppe aufgenommen, auch in Wuhan, die haben es sich zum Ziel gemacht, illegale Finanzströme umzuleiten. Mit einer ganz einfachen, auf Phreaking basierenden Methode. Das steckt aber noch in den Kinderschuhen ...»

David redet und redet. Ein Fischreiher spiegelt sich im Wasser des Teichs. Er wird eins mit seinem Spiegelbild, als er landet. Ingrid spürt nach langer Zeit wieder so etwas wie Verbundenheit mit der Natur. Sie fühlt, dass sich der Garten winterfertig macht. Die Bäume ziehen ihre Säfte nach innen und werden kahl. Die Goldregensträucher schrumpfen zusammen. Ein Gartenarbeiter pustet mit seinem Pusteding Schwälle braungoldenen Laubs herum, was hübsch aussieht. Im Kontrast dazu: die stinkreichen Kranken mit den grauen Gesichtern, die hier herumgeschoben werden.

Nebenan befindet sich ein Fünf-Sterne-Sanatorium. Ingrid schlendert zur Mauer, während David redet. Sie hüpft auf der Stelle, um über die Mauer zu gucken. Gewächshäuser gibt es da. Springbrunnen. Exotisch wirkende Bäume. Mit den zwei Millionen, die David ihnen überlassen hat, könnte sie dort wahrscheinlich ihren Lebensabend verbringen. Als stinkreiche Dame. Aber sie ist ja nicht alleine, sie hat eine Familie zu versorgen. Außerdem ist sie keine Dame – sie ist eine Skinhead-Oma, die im Jogginganzug an einer Mauer hochhüpft.

Und so soll es auch sein.

Neben David taucht Beatrice auf. Sie schiebt Sebastian den Kiesweg hoch. Es ist ein trauriges Bild: Er sieht aus wie ein fehlgeborener Vogel, als sei er in den Rollstuhl eingewachsen wie in ein Ei. Er will nicht rausgeschoben werden, das kann Ingrid deutlich sehen, weil er den Kopf zur Seite drückt, aber Beatrice ist nicht sensibel genug, um das mitzukriegen. Kein Ort, an dem man Sebastian zurücklassen könnte. Körperlich wird er wohl irgendwann wieder auf die Beine kommen, aber das Gerinnsel – es hat ihn innerlich verdreht. Eine winzige Blutung in seinem Kopf hat ihn behindert gemacht. Oder anders. Aber sehr, sehr anders.

«Inge? Hast du nicht mal gesagt, du glaubst, dass Ludwig relativ glücklich ist? Darüber habe ich viel nachgedacht in letzter Zeit. Kann man das Leben nicht genießen, auch wenn man zu fast gar nichts mehr fähig ist? Hast du das nicht gesagt?»

«Man kann das Leben immer genießen. Aber was deinem Bruder zugestoßen ist, bleibt trotzdem deine Verantwortung.»

Sie selbst wird Verantwortung übernehmen, indem sie Ramafelene und Küwi die Wahrheit erspart. Diese Verantwortung wird ihr Halt geben, nimmt sie sich vor.

«David, ich will, dass du Ramafelene und Küwi nichts davon erzählst. Du wirst dich nicht mehr bei ihnen melden. Verstehst du? »

Am liebsten würde sie Davids Gewissen noch etwas beschweren, aus Rache dafür, dass er ihre Glatze allen Ernstes als *wunderbar* bezeichnet hat. Aber sie bringt es nicht übers Herz. Der Mann ist schon fertig genug.

Er macht sich daran, den Drachen steigen zu lassen. Sein Bruder liebe das, hat er gesagt. Er legt den Drachen ins Gras und joggt rückwärts gegen den Wind, und der Drache steigt, und Beatrice applaudiert. Sebastian macht große Augen. Manchmal sieht er tatsächlich ein wenig aus wie Ludwig. Sie wird sich um ihn kümmern.

Als Ingrid den Garten verlässt, findet sie in der Innentasche ihrer Thermojacke das Heftchen mit den Collagen. Sie klemmt es unter einen Gepäckträger. Dann setzt sie sich auf ihr eigenes Fahrrad und fährt nach Hause, zu ihren Jungs.

Küwi

Es wird Winter. Man trägt Kartons von seinem eigenen Häuschen in Ramafelenes und Ingrids Häuschen. Auf dem Weg kommt einem Ramafelene entgegen, der Kartons in die andere Richtung trägt. Man hat ihm angeboten, die Zimmer zu tauschen, damit er endlich mal rauskommt bei seiner Mutter. Ramafelene hat sofort angenommen. Wenn er jetzt trotzdem nicht besonders dankbar guckt, liegt das wohl daran, dass er noch etwas angeschlagen ist vom Liebeskummer, aber das versteht man. Da geht man nachsichtig mit um.

«Ramafelene, ich dachte, es wird mal Zeit, nich? Dass du bei deiner Mutter rauskommst. Gerade wo es dir doch im Moment so schlecht geht. Mit dem Liebeskummer und dem Tinnitus und so. Und Ingrid und ich verstehen uns ja jetzt wieder besser. Deshalb kam ich auf die Idee. Ich hab mir einfach gesagt: Ich werde meinem alten Kumpel vorschlagen, die Zimmer zu tauschen! Ich bin nämlich der Meinung, man sollte ab und zu was Neues probieren im Leben. So kam ich dazu.»

«Mhm.»

«Du musst nicht danke sagen. Ich verstehe es, wenn du momentan nicht so auf die Gefühle von den anderen achtest. Kein Problem. Nich?»

Ramafelene trottet weiter. Das ist okay. Da kann man jetzt nichts dran ändern. So ein Liebeskummer ist wie eine ernsthafte Krankheit, hat Ingrid gesagt.

Man trägt den Karton ins neue Zimmer und richtet alles ein. Man bringt die Aufladestation für den *Deep Target* an; man sortiert die Klamotten in den Wandschrank, der, wie Ramafelene, nach Kräutergarten riecht. Man legt den Gameboy und das Fairtablet auf den Nachttisch, stellt das Keyboard in die Ecke. Danach sieht es schon ein bisschen nach einem selber aus. Und mit Ingrid wird man vielleicht manchmal wieder Musik machen können?

Draußen hinter dem Fenster schiebt sie gerade den neuen Bewohner vorbei. Er ist ein freundlicher Kerl. Ein bisschen muss man immer an David denken, wenn man ihn sieht, wahrscheinlich wegen dem rundlichen Kopf und auch, weil David es gut gefunden hätte, einen Obdachlosen aufzunehmen. Ingrid hat ihn irgendwo auf der Straße aufgesammelt. Die Gute. Sie löst die Feststellbremse aus, beugt sich zu dem Neuen runter und redet mit ihm. Die meiste Zeit des Tages verbringt sie mit ihm, und immer reden sie leise miteinander, und wenn man hinhört, merkt man, dass es verworrene Gespräche sind. Das kommt, weil der Neue sehr durcheinander denkt – aber nicht ohne Klugheit, nur eben durcheinander! Und Ingrid kann das. Ingrid hat ein Gefühl für so was, für schiefe Gedanken und alles.

Man öffnet das Fenster.

«Hey, guckt mal, mein Zimmer! Es sieht schon ganz gut aus. Ich weiß nur noch nicht, wo ich Davids Poster hinhängen soll. Vielleicht an die Tür?»

Ingrid nickt. Sie sagt, sie beide kämen später zu Besuch, mit Kuchen. Vorher würden sie noch Fotos vom Kräutergarten schießen wollen. Für Facebook. Sie seien beide Gartenfreunde.

Dann schiebt sie den Neuen weiter, und der Neue hebt zum Gruß beide Hände und winkt. Ein Netter.

Bevor man weiter einräumt, trinkt man erst mal einen guten Bio-Kaffee. Den trinkt man jetzt immer. Und man denkt über die Anschaffung eines neuen Meerschweinchens nach. Man weiß: Man darf einem Meerschweinchen keine Süßigkeiten geben, weil, nicht alles, was für einen selber gut ist, ist auch für ein Meerschweinchen gut! Und jetzt, wo mans weiß, warum soll man kein neues haben?

Ein bisschen nervig ist, dass momentan noch viel Arbeit an einem hängenbleibt, weil Ramafelene ausfällt und Ingrid dem Neuen alles zeigt. Vor dem Fenster, zum Beispiel, sieht man jetzt, ist Wendy damit beschäftigt, die Vogelscheuche für den Winter herzurichten. Sie zieht ihr eine Wollmütze und ein Regencape an, aber sie selbst trägt nur Leggings und T-Shirt, weil sie, obwohl sie ansonsten sehr schlau ist, für so was kein Gefühl hat. Und das geht natürlich nicht, da muss man also raus, um sie darauf aufmerksam zu machen.

«Ramafelene? Kannst du vielleicht auch mal drauf achten, dass sich Wendy nicht erkältet?»

Ramafelene streckt den Kopf aus dem Fenster, nickt und zieht ihn gleich wieder ein. Offenbar ist Ludwig wieder bei ihm, und die beiden zocken Pong. Man ermahnt sich aber, deshalb nicht böse zu sein. Wer weiß. Vielleicht hilft Pong ja gegen Liebeskummer. Das ist eben so was, was man seit dem Focusing weiß: dass die anderen immer was fühlen, in das man sich erst mal reinversetzen muss.

«Spiel ruhig Pong, Ramafelene. Vielleicht ist es ja, in diesem Moment, für dich das Rechte, nich?»

«Was?»

«Schon gut.»

Zurück im Zimmer sieht man plötzlich, wo Davids Poster hingehört: nicht an die Tür, sondern direkt übers Bett an die Decke, natürlich, sodass man beim Einschlafen draufgucken kann. Es ist eine Infrarotaufnahme von einer Nachbargalaxie, mit kleinen bunten Lava- und Schwefelplaneten. Die Raumfahrer der Zukunft sind auch zu sehen, sie wurden von David mit Kugelschreiber am Rand skizziert. Weil es in diesen fernen Galaxien sehr lebensfeindlich zugeht, werden es genmanipulierte Raumfahrer sein müssen. Das hat man mit David und Bibi lange diskutiert. Vielleicht werden die genmanipulierten Raumfahrer ein bisschen sein wie Ludwig? Wäre irgendwie am besten, findet man. Weil er so wenig braucht zum Leben.

Wendy lässt draußen Seifenblasen steigen. Die Vogelscheuche sieht zufrieden aus mit der Mütze. Das Tor vom Laca steht weit offen, damit es durchlüften kann. In den nächsten Tagen wird man anfangen, es zu einer *Share And Repair*-Werkstatt auszubauen. Wer weiß, vielleicht kommen nächstes Frühjahr schon Leute, um Dinge zu reparieren und sich auszutauschen?

Mit einem Handkantenschlag macht man eine Kuhle ins neugekaufte Kissen. Die neue Decke sieht so bauschig und gemütlich aus, dass man sich schon aufs Zubettgehen freut. Dann spürt man hinter sich was: Ludwig steht in der Tür. Anscheinend ist er fertig mit Pong.

«Ludi. Wusstest du, dass die Raumfahrer der Zukunft vielleicht wie du sein werden? Und mit einer kleinen Gruppe von Leuten eine neue Zivilisation gründen werden? Das ist eine Zivilisation, in der alle ganz langsam sind und wenig verbrauchen. Mein Vorschlag.»

Man muss lachen. Ludwig hat natürlich nicht verstanden, was man sagt, aber man sieht, was er antwortet, nämlich: Guten Abend. Wenn man jemanden so lange kennt, sieht man, was er sagen würde, wenn er spräche.

«Ich überlege, uns einen Lebensbaum zu pflanzen. Dir und mir. Oder denkst du, es gilt nicht, wenn man ihn sich selber pflanzt?»

(Guten Abend.)

«Denkst du, es könnte zumindest besser sein als gar keinen Lebensbaum zu haben?»

(Versteh ich nicht.)

Ludwig beschnuppert seine Hand. Dann lehnt er sich mit der Schläfe an den krummen Türrahmen und zieht in Zeitlupe die Mundwinkel hoch. Das ist sein Ich-bin-überfordert-Lächeln, sein Ich-weiß-jetzt-auch-nicht-so-genau-Gesicht. Wieder muss man lachen. Es ist wirklich komisch mit Ludwig. Oft meint man, er sei der liebe Gott persönlich, aber dann wieder ist man sich absolut sicher, dass er es nicht ist. Weil er so döspaddelig guckt wie kein anderer auf der Welt.

Als Ingrid hinter ihm erscheint, hat er einen seiner mittelschnellen Momente. Die werden zum Winter hin mehr. Er dreht sich um und packt sie an dem Kettenanhänger, den sie von David bekommen hat.

Und Ingrid macht etwas ganz Komisches mit dem Mund. Ein Lächeln kann es eigentlich nicht sein. Sie kaut. Nein. Doch ein Lächeln?

Man weiß es nicht.

12

EPILOG

Viel später

Gartenarbeiter

Ein Gartenarbeiter sitzt in einem Bus und kramt in seinem Rucksack nach Bonbons. Er findet sie in der oberen Tasche, zusammen mit einem Heft, das er schon eine ganze Weile mit sich herumträgt. Er schaut es sich an.

Neben ihm sitzt ein kleines Mädchen und starrt schamlos mit ins Heft. Der Bus hält an einer Ampel. Langsam blättert der Gartenarbeiter um. Er räuspert sich. Es ist ihm peinlich, dass das Mädchen mit hineinstarrt. Womöglich denkt es, die Bilder seien von ihm?

Er lehnt sich zur Seite. Er hält das Heft so, dass nur er hineinsehen kann. Dann sagt er sich: Wen juckts? Warum sollte das Kind nicht gucken? Kinder sind doch so.

«Hier. Kannst du haben, wenn du magst. Hab ich selber gefunden. Sind Bilder.»

Das Mädchen nimmt das Heft, als sei es ein Ball, mit beiden Händen entgegen. Es legt es sich auf den Schoß und schaut konzentriert hinein. Vorsichtig blättert es um. Hin und wieder blättert es zurück. Die Bilder lösen wohl einiges aus im Kopf dieses Mädchens, denkt der Gartenarbeiter. Vielleicht sieht sie was, das ich gar nicht sehe.

Er steckt sich ein Bonbon in den Mund und wendet sich zum Fenster. Die Sonne scheint. Er freut sich, etwas verschenkt zu haben.

am 05.09.2039 wird die erste marssiedlung
fertiggestellt

die amerikanerin lo weng, 38, zerschneidet
ein symbolisches band

als sie ihre ansprache gehalten hat

erschaudert sie

die siedlung ist hexagonisch angelegt

feiner sand weht von

überall her

die anderen sind auch da

mit ihren helmen

sie winken von

irgendwo

das hier könnte erstaunlich werden

sagt ihr gefühl

Quellen

Seite 40: Collage des Autors mit Motiven von happy-kanppy/FreeDigitalPhotos.net; Ariros/iStockphoto.com

Seite 43: Collage des Autors mit Motiven von Alexander_P/Shutterstock; CSA-Printstock/iStockphoto.com; mixxxsh83/Shutterstock; Deva_Chu/iStockphoto.com; Alex Staroseltsev/fotolia.com

Seite 47: Collage des Autors mit einem Motiv von Hobo Hammocks

Seite 50: «Kokain», Text von Hannes Wader

Seite 50–51: «Sailing», Text von Gavin Maurice Sutherland

Seite 227: Collage des Autors mit Motiven von Brian Goff/shutterstock.com; Lekso52/shutterstock.com; Jeff Dixon/shutterstock.com

Seite 228: Collage des Autors mit Motiven von Freepik/flaticon.com; Jürgen Fälchle/fotolia.com

Seite 229: Collage des Autors mit Motiven von serkorkin/iStockphoto.com; Mikalai_Manyshau/iStockphoto.com; kontur-vid/shutterstock.com; Ariros/iStockphoto.com; Tursunbaev Ruslan/shutterstock.com

Seite 230: Collage des Autors mit Motiven von kontur-vid/shutterstock.com; ivan-96/iStockphoto.com; ilbusca/iStockphoto.com; Freepik/flaticon.com

Seite 231: Collage des Autors mit Motiven von Pleasureofart/iStockphoto.com; Vladir09/iStockphoto.com; marigold_88/iStockphoto.com; nicoolay/iStockphoto.com; Calmara/iStockphoto.com; Jeff Dixon/shutterstock.com

Seite 232: Collage des Autors mit einem Motiv von Stephen_Edwards/iStockphoto.com

Seite 233: Collage des Autors mit Motiven von Happy person/shutterstock.com; Jens Weber

Seite 234: Collage des Autors mit einem Motiv von Brian Goff/shutterstock.com

Weitere Titel von Andreas Stichmann

Das große Leuchten

Die Entführung des Optimisten Sydney Seapunk

Jackie in Silber

FSC
www.fsc.org
MIX
Papier aus verantwortungsvollen Quellen
FSC® C083411

Das für dieses Buch verwendete Papier ist FSC®-zertifiziert.